カフェラテ 500
カプチーノ 600
キャラメルラテ 600
バニララテ 650
カフェモカ 650
ソイラテ 650
650

UNS TRENNEN WELTEN

MISO UMEDA

INHALT

UNS TRENNEN WELTEN

#1
003

#2
045

#3
087

#4
ERSTER TEIL
131

#4
ZWEITER TEIL
163

KATO NIMMT AM
TREFFEN DES GEMEINEN
VOLKES TEIL
213

UNS TRENNEN WELTEN #1
MEIN KLASSEN-KAMERAD KATO FÄLLT AUF.
ER IST RICHTIG COOL.
BESTIMMT STEHEN VIE-LE MÄDELS AUF IHN.
ICH WILL IHN NÄHER KENNEN-LERNEN...
ZUM GLÜCK SITZT ER DIREKT HINTER MIR.
KATO
OWADA
BDUMM
BDUMM
BDUMM
BDUMM
HI, ICH BIN OWADA! FREUT MICH DICH KENNENZULER-NEN! HI, ICH BIN OWADA! FREUT MICH...
ÄHM...
BDUMM
KATO...?
BDUMM
POFF
ZUCK
BATSCH
FASS MICH NICHT AN!
WIE...
WIE IST DER DENN DRAUF...?!
TU...
TUT MIR LEID...

UNS TRENNEN WELTEN
#1

DER KÖNIG DER KLASSE
HEY, DU DA!
BRING DAS ZU TANAKA*!
*KLASSENLEHRER
AH... JA...
... MIMASAKA.
IHR HABT SICHER SCHON MAL WAS VON DER KLASSEN-HIERARCHIE GEHÖRT.
ELITE
GEMEINES VOLK
EIN TYP WIE ER GEHÖRT ZUR KÖNIGSFAMILIE...
AH...
WER SPÄT DRAN IST, SOLL SELBER ZU IHM GEHEN, HAT ER GESAGT...
HÄ? WAS MEINST DU?
ACH, NICHTS.
ALLE ANDEREN SIND DAS FUSSVOLK.
WIR BILDEN DEN HINTERGRUND.
HINTER-GRUNDGE-RÄUSCH
さわ MURMEL
UND NACHHER...?
MURMEL さわ
HA! HA!
EINE STIMME HABEN IN DIESER KLASSE NUR...
... DIESER MIMASAKA UND...
HEY, KATO...
WILLST DU AUCH DEINE HAUS-AUFGABEN ABGEBEN?

... KATO...
HAB ICH SCHON ABGEGEBEN.
ECHT? DU BIST ABER SCHNELL.
WAS IST...?!
AH...
NICHTS.
WORAUF WARTEST DU NOCH?
HÄ?
KOMISCHER KAUZ.
SEINE CLIQUE
DAS FUSSVOLK DARF DIE KÖNIGSFAMILIE NICHT ANSTARREN.
TATAPP
OH!
OWADA.
DIE HAUSAUFGABEN...?
IM FLUR WIRD NICHT GERANNT.
PUTZT DU NACHHER AUCH DAS KLASSENZIMMER?
KATO UND MIMASAKA SIND DRAN, ABER DIE SCHWÄNZEN WIEDER.
...
ZZAT
ZZAT

GASCHAANG
ガシャーッ
ICH HAB DIE SCHNAUZE VOLL!!
WARUM SOLL ICH FÜR DIE PUTZEN?!
GRRRR!!
VERDAMMTER TANAKA, WARUM STEHT ER AUF IHRER SEITE?!
NEU!
ELITE
TANAKA
GEMEINES VOLK
ICH HATTE KEINE AHNUNG...
...DASS ES SO EINE HIERARCHIE GIBT.
BEKOMME ICH HUNDERT FREUNDE?*
ICH KAM VON EINER FRIEDLICHEN MITTELSCHULE.
*EIN VERS AUS EINEM JAPANISCHEN KINDERLIED
ICH HÄTTE NIE GEDACHT, DASS ICH SO EISKALT ABGEWIESEN WERDE...
FASS MICH NICHT AN!
... NUR WEIL ICH IHN ANSPRECHE.
ES HÄTTE SCHLIMMER KOMMEN KÖNNEN!
GLÜCK IM UNGLÜCK!
LASST UNS ZOCKEN!
SIE GEHÖREN AUCH ZUM GEMEINEN VOLK.
ICH TRAUE MICH NICHT MAL MEHR, NACH HINTEN ZU GUCKEN.
DAS IST TOTAL VERRÜCKT!
ICH WERD IHM 'NE LEKTION ERTEILEN!
UND ZWAR ANONYM ...
STARR
はっ
KATOS TISCH
...
SCHLUCK
ゴクリ…

IDIOT ...
カラッ
KLACK
KATO...?!
DAS IST DOCH MEIN TISCH...
ギク!
SCHRECK
AH... ICH WOLLTE IHN NUR ZURECHTRÜCKEN...!
ガタ
GRRT
ガタ
GRRT
AHA...
...
ABFALL...
PUH, DAS WAR KNAPP! ZUM GLÜCK HATTE ICH NOCH NICHTS GESCHRIEBEN!
ガタ
ZITTER
ガタ
ZITTER
ビックーン
SCHRECK
!!

DEN HAST DU VERLOREN.
ICH DACHTE, ER HÄTTE MICH „ABFALL" GENANNT!
MIST!
KLACK
AH! JA... STIMMT!
WAS MACHST DU DA?
KATO...
KLACK
KLONK
WA...
WIE?
KLACK
MIR IST EINGEFALLEN, DASS ICH PUTZDIENST HAB.
HÄ?
AH...!
PLOPP
AH...
K...
KATO...

WAS WILLST DU HIER?
GEH NACH HAUSE, WENN DU NICHTS ZU ERLEDIGEN HAST.
DU STÖRST.
...
HEY!
WAS SOLL DAS HEISSEN?!
DU UND DEINE FREUNDE SEID WIRKLICH ARROGANT!
WAS ICH HIER MACHE?! ICH PUTZE DEN RAUM...!
DER LEHRER HAT MICH DARUM GEBETEN, WEIL IHR JEDES MAL SCHWÄNZT!
REDE NICHT SO VON OBEN HERAB!
KATO, DU BIST DER SCHLIMMSTE!
SIEH MICH NICHT AN, ALS WÄRE ICH DRECK!
HAST DU SCHON MAL DARAN GEDACHT, WIE SICH DIE ANDEREN DABEI FÜHLEN?!

AUCH DAS FUSS-VOLK HAT GEFÜHLE!
MERK DIR DAS, IDIOT!
HAH
HAH
HAH
HAH
AH!
STARR
...
TUT MIR LEID...
ER IST WÜTEND!
FUSSVOLK
DU...
... HAST MIR NEULICH AUF DIE SCHULTER GEKLOPFT?
HÄ?!
ICH MAG'S NICHT, WENN MAN MICH HIER ANFASST...
HIER
... UND KRIEGE IMMER GLEICH PANIK, WENN JEMAND DAS MACHT.
ÄH...
DEN DIENST SCHWÄNZE ICH NICHT MEHR. VERSPROCHEN.
SORRY...

ÄHM...
NA...
SCHON GUT.
...
UWAAH!
LOS!
JAAA!
SKEPTISCHER BLICK, WEIL OWADA NICHT GEHT.
AH!
ÄHM... ÄHM...
OKAY?!
DU WILLST PUTZEN?!
DANN HELFE ICH DIR!
DER LEHRER HAT MICH SCHLIESSLICH DARUM GEBETEN.
UND ICH FÜHLE MICH EINFACH BESSER, WENN DAS KLASSENZIMMER SAUBER IST!
...
VERDAMMT...!
ICH REDE NUR MIST...
ER DENKT SICHER, ICH HAB 'NE MACKE.

DANKE.
DAS IST 'NE GROSSE HILFE.
HÄ?!
AH... JA...
DANN FEGST DU DORT DRÜBEN.
ÄHM... JA...
ZZAT
ZZAT
ZZAT
...
ZZAT
KRAH
KRAH

NA, DANN ...
SCHÖNEN ABEND.
カラ
KLACK
AH...!
KA... KATO...
ICH BIN OWADA.
F...
FALLS DU DAS NICHT WEISST.
...
DOCH, WEISS ICH.
...
KLACK
HE...
HE, HE...
HE, HE, HE...
ER...

TOCK
TOCK
AHA...
... KENNT SOGAR MEINEN NAMEN.
AH...
HEY, KATO...
LABER
HAST DU DIE HAUSAUFGABEN?
LABER
ICH PUTZE HEUTE WIEDER MIT.
FLÜSTER
HM...
DANKE.
SCHON WIEDER WARTUNGSARBEITEN?
DAFÜR KRIEGEN WIR KOSTENLOSE ITEMS!
KATO IST...

... ANDERS ALS ICH MIR VORGESTELLT HABE.
ICH BIN...
... GESTOLPERT.
VIEL...
PFF
... VIEL...
COOLE RINGE!
WO KAUFST DU DIESES GANZE ZEUG?
AH, NICHT WEIL ICH DAMIT...
... BEI DEN MÄDELS EINDRUCK SCHINDEN WILL, SONDERN ...
SELBST GEBASTELT.
HÄ?
DAS WAS ICH TRAGE, HAB ICH ALLES SELBER GEMACHT.
ICH GEHE ZU EINER KUNSTWERKSTATT IN DER NÄHE.
MIT KNETSILBER KANN MAN SO WAS GANZ LEICHT BASTELN.

WOW, COOL!!
ICH VERSTEH KEIN WORT!
ACH WAS.
DOCH, DAS IST MEGA-COOL! SUPER GEIL!
NA JA...
DU BIST WIRKLICH...
DAS...
... REICHT JETZT.
PACK
AUTSCH!
WAS SOLL DAS?
ANBETUNG.
HÄ?
JETZT WO ICH KATO BESSER KENNE...
... WEISS ICH, DASS ER VÖLLIG IN ORDNUNG IST.
AM ANFANG WIRKTE ER ÜBERHEBLICH, WEIL ER ZU MIMASAKAS CLIQUE GEHÖRT.
WAR-UM...
... HÄNGT ER MIT SO EINEM KERL AB...?

GRML
SIEH MAL MEINE PARTY!
KRASS, WAR SICHER TEUER!?
ES IRRITIERT MICH!
NICHT ZU FASSEN!
MIMASAKA HAT DIE GANZE WOCHE SEINEN DIENST GESCHWÄNZT!
DU HAST FAST ALLES ALLEIN GEMACHT.
SCHON GUT.
DAFÜR HAST DU MIR GEHOLFEN.
J-JA...
AUSSERDEM...
... GEHT YUICHI NACHMITTAGS IMMER JOBBEN.
YUICHI?
VOLLSTÄNDIGER NAME: YUICHI MIMASAKA
HÄ?
YU...?
IHR SCHEINT ENG BEFREUNDET ZU SEIN.
JA.
ER IST MEIN SANDKASTENFREUND.
ABER JOBBEN IST BEI UNS VERBOTEN...
HÄÄ...?!

DANN IST ES JA NOCH SCHLIMMER!
WARUM GEHT ER JOBBEN, STATT DIR ZU HELFEN?!
ER IST WIRKLICH DAS LETZTE!
HÖR AUF.
YUICHI HAT NICHT MITBEKOMMEN, DASS ICH IMMER NACHMITTAGS GEPUTZT HABE.
ER HAT ES NUR VERGESSEN. WAR KEINE ABSICHT.
OH...
DER BAHNHOF.
ICH FAHRE MIT DER BAHN ZURÜCK.
AH...
JA...

ガシャ
KLACK
BIN ICH JETZT...
RATTER
カタニ
RATTER
カタニ
TICKET
AHNHOF
TATAPP
たたっ
... VIELLEICHT EIN STALKER?
カタニ
RATTER
カタニ
RATTER
SELBST MIT OFFENEN HAAREN...
... SIEHT ER RICHTIG GUT AUS.
AH!
はっ

SCHÜTTEL
SCHÜTTEL
HA! HA!
HI! HI! HI!
AHA! HA! HA!
VIELLEICHT BEKOMME ICH NOCH 'NE CHANCE...
DIE BETRUNKENEN GEHEN MIR VOLL AUF DEN SACK ...
ICH MÖCHTE MEHR MIT IHM REDEN.
ABER IN DER SCHULE KOMME ICH NICHT DAZU...
RATTER
ACHTUNG! HALTEN SIE SICH BITTE FEST.
OH!
PATT
!
PUH!
AH!

BATSCH
...
WAS?
HEY, JUNGER MANN!
WAS SOLL DIESES BENEHMEN?
MO...
MOMENT MAL!
FWUPP
HÄ?
E...
ES TUT MIR AUF-RICHTIG LEID!
ICH ENTSCHUL-DIGE MICH DAFÜR!

GEHEN WIR, SUGINO.
SCHON GUT.
VERBEUG
VERBEUG
...
OWADA ...?
KLACK
KLIRR
KATO...
HIER, TRINK WAS.
OWADA ...
WOHNST DU NICHT IN DER ANDEREN RICHTUNG?
SCHRECK
SORRY...
... DASS DU DICH FÜR MICH ENT-SCHULDIGEN MUSSTEST.
NA JA, ICH HAB WAS ZU ERLEDIGEN...
ODER VIELLEICHT DOCH NICHT ...
AHA...
...

NEIN, ALLES OKAY...
ALS ICH...
... NOCH KLEIN WAR, WURDE ICH IM ZUG BELÄSTIGT.
HÄ?!
BELÄSTIGT ...?!
NA JA, DER TYP HAT MIR AN DEN HINTERN GEFASST.
ES WAR TOTAL WIDERLICH UND ICH BIN SOFORT WEGGERANNT.
D-DAS IST DOCH ...
GUT, DASS DU WEGGELAUFEN BIST!
ABER DANN HAT ER MICH AM NACKEN GEPACKT...
SEINE HAND WAR NASS...
... UND FÜHLTE SICH TOTAL EKLIG AN.
SEITDEM HAB ICH ANGST DAVOR, AM NACKEN ANGEFASST ZU WERDEN.
KLACK
ABER YUICHI WEISS BESCHEID. UND DESWEGEN...
... HAT ER MICH IMMER BESCHÜTZT.

AH...
VERSTEHE ...
GLUCK
ICH MUSS ZUGEBEN...
... DASS ICH MICH GEIRRT HABE.
GLEIS DREI, DER ZUG FÄHRT ...
DA ER TEIL DER ELITE IST...
... DACHTE ICH, ER GEHÖRT ZU DEN LEUTEN, DIE ANDERE RUMKOMMANDIEREN...
... ABER SELBST NIE VERLETZT WERDEN.
DOCH HEUTE...
... HAST DU MICH GERETTET.

DANKE SCHÖN.
ICH BIN EIN IDIOT...
DAS WAREN ALLES NUR MEINE VOR-URTEILE!
KATO...!
WENN DU EIN PROBLEM HAST, WENDE DICH JEDER-ZEIT AN MICH!
ICH...
... MACH ALLES FÜR DICH!
GRAPP

ICH WEISS, ICH BIN KEIN BESONDERS KRÄFTIGER BURSCHE...
ABER TROTZDEM ...
OKAY?!
AH...
JA.
FSSSH
プシュー
AH!
LABER
ざわ
LABER
ざわ
DER ZUG FÄHRT AB.
NA...
NA DANN, ICH MUSS LOS!
BIS MONTAG!
ざわ
LABER
...
ざわ
LABER

SCHLUCK
ごく
RATTER
ガタン
TUUT
RATTER
ガタン
RATTER
ガタン
RATTER
ガタン
RATTER
ガタン
RATTER
ガタン…
...
HÄÄ?
WAS WAR DAS DENN?
OH, NEIN...

OH, NEIN! OH, NEIN! OH, NEIN! DAS IST DER HÖHEPUNKT MEINES LEBENS!
ICH KANN MICH NICHT ERINNERN, WAS ICH AM WOCHENENDE GEMACHT HABE.
HEUTE IST MONTAG.
HÄ?
KATO FRAGTE SOGAR...
OWADA, MÖCHTEST DU MITESSEN?
... OB WIR ZUSAMMEN MITTAG ESSEN WOLLEN.
DOCH DEM DRUCK SEINER CLIQUE BIN ICH NICHT GEWACHSEN.
WER IST DAS?
NOCH NIE GESEHEN.
NEIN, ICH HAB BAUCHWEH.
LÜGE
SEINE KUMPELS WOLLTEN, DASS ICH SOFORT VERSCHWINDE.
VIELLEICHT BILDE ICH MIR DAS NUR EIN...
... ABER KATO SAH IRGENDWIE TRAURIG AUS.
AH...

ICH BIN...
... IN KATO VERLIEBT.
...
WAS MACHE ICH JETZT?!
JAJA, ICH WEISS SCHON, DASS ICH NICHTS MACHEN KANN!
WIR SIND SO UNTERSCHIED-LICH WIE TAG UND NACHT! AUSSER-DEM SIND WIR BEIDE JUNGS!
ABER... ABER...
ICH LAD MIR 'NE LIE-BESHOROSKOP-APP RUNTER.
HAH
はあ…

MIMASAKA!
KLACK
ECHT EY.
HI! HI! HI!
DIESE STIMME, DAS IST DOCH...
AH...
KATO IRRITIERT MICH TOTAL.
HÄ?
KATO?!
BESCHÄFTIGT DICH DAS IMMER NOCH?
WARUM SPRICHT ER SO EINEN UNAUFFÄLLIGEN TYPEN AN?
TOTAL BESCHEUERT!
UNAUFFÄLLIGER TYP?
SIE REDEN ÜBER MICH!
DU HAST RECHT. DEN WOLLT ICH NICHT MAL ALS LAUFBURSCHEN HABEN.
HA! HA! HA!
NA JA.
KATO IST EBEN EIN STUBENHOCKER...
FSSH
ER BASTELT SCHMUCK UND SO.
WENN ER SICH GUT MIT DIESEM LAUFBURSCHEN VERSTEHT... SOLL ER DOCH MACHEN, WAS ER WILL.

ABER DANN BIN ICH DIE LÄNGSTE ZEIT SEIN KUMPEL GEWESEN.
HA! HA! HA!
WIE GE-MEIN!
BAMM
HÄ? WAS?
WER BIST DU DENN?
WARUM SO WÜTEND?
UWAAH
UWAAH
WAS IST LOS?
HEY, KATO!
MIMASAKA ÜBT SELBST-JUSTIZ.
HÄÄ?

HÄ?
OWADA...?
DOMM
ドスッ
NIMM DAS!
HA! HA! HA!
WAS BIST DU DENN FÜR EIN SCHWÄCH-LING!
AHA! HA! HA!
ZIEH
RITSCH
AU!
DOMM
AUTSCH!
ES TUT SCHEISS-WEH...
HI! HI! HI!
AM LIEBSTEN WÜRDE ICH SOFORT AUFGEBEN.
ABER ...
E...
ENTSCHULDI-GE DICH BEI KATO!
WAAS?
ICH VER-ZEIHE IHM NICHT.
ICH...
WAS WILLST DU VON MIR? WIR HABEN NICHTS GEMEINSAM.
JUBEL
DOCH!
WEITER!
HÄ?
ICH MAG KATO AUCH...

は、
AH!
HÄ ...?
'NE LIEBESERKLÄRUNG?
ざわ… MURMEL
KEINE AHNUNG.
OH...
MIST!
KAPIER ICH NICHT.
KOMISCHER KERL.
...
WOLLEN WIR GEHEN?
ÜBERLEG DIR VORHER, WAS DU SAGST!
WENN KATO DAS HÖRT...
GRAPP
HÄ?
DRÜCK
UGH...
ER ERWÜRGT MICH...!

ICH
MUSS
STER...
BATSCH
?!
ドサッ
DOMP
OAK!
KA...
HÄ?
KATO...?

HEY, YUICHI! ALLE SCHAUEN EUCH ZU.
WAS SOLL DAS GANZE THEATER?
...
NICHTS.
DING
DONG
ES KLINGELT SCHON!
SETZT EUCH!
ACH, TANAKA.
ER KOMMT ZU SPÄT.
...
TAPP
TAPP
SICHER HAT ER SCHISS VOR DEN SCHÜLERN.
LASS UNS GEHEN.
YUICHI!

BRING DEINEM SCHOSSHUND MANIEREN BEI.
...
KATO...
WILLST DU ZUM SANITÄTSRAUM?
WARUM HAT ER MICH GESCHLAGEN ...?
JA...
TUT MIR LEID.
SANITÄTSRAUM

ICH DACHTE, DASS IST DER SCHNELLSTE WEG, DIE SACHE ZU BEENDEN.
AH...
VERSTEHE.
...
ACH SO...
DIESE SITUATION...
TUT'S WEH?
BDUMM ドキ
ALLES GUT.
ER PFLEGT MICH BLOSS ...
... ABER ICH BIN SUPER AUFGEREGT!
ドキ BDUMM
BDUMM ドキ
ER IST EIN JUNGE ...
WARUM HAT ER SO LANGE WIMPERN...?
BDUMM ドキ
OWADA.
DU HAST GESAGT, ER SOLL SICH BEI MIR ENTSCHULDIGEN.
HAT YUICHI WAS SCHLECHTES ÜBER MICH ERZÄHLT?
AH...
ÖHM ...
EIN STUBENHOCKER!

NEIN...
ER HAT SICHER GE-SAGT, DASS ICH DÜSTER ODER LANG-WEILIG BIN ...
DAS SAGT ER SOWIESO IMMER.
HÄ?
DAS GIBT'S NICHT!
HÄÄ ...?!
LASS IHN EINFACH SAGEN, WAS ER WILL.
KLAPP
カチャ
ER IST NUN MAL EIN GEHÄSSI-GER TYP.
... KLINGT ...
ENG VER-BUNDEN.
DAS GEFÄLLT MIR...
... ABER NICHT.
ES ÄR-GERT MICH TIERISCH.
DU REDEST NIE SCHLECHT ÜBER IHN ...
ABER ER...
DRÜCK
ギュ
DAS...

SO WAS BÖSES ...
... WÜRDE ICH NIE ÜBER DICH SAGEN.
NA JA...
DAS IST DOCH SELBSTVERSTÄNDLICH, WEIL ICH 'NER GANZ ANDEREN SCHICHT ANGEHÖRE.
HA! HA! HA!
VORHIN HAST DU GESAGT ...
... DASS DU MICH MAGST.
HA! HA!
AUA!
AUTSCH!

AH...
ALSO ES GIBT VIELE VERSCHIE-DENE ARTEN VON MÖGEN, WEISST DU?
NEIN, KLÄR MICH AUF.
ÄHM... ÄHM...
KÜSS
DU MEINST SO EINE...
RICHTIG...?
O...
KLOOONK
OH, GOTT...!

ICH WEISS, ES IST VÖLLIG ANMAS-SEND...
LOS! LOS!
UWAAH!
JAAA!
HÄ?
HEY...
OWADA...
NH...
MMH...!
ABER ICH BIN TOTAL IN DEN SÜSSEN KATO VER-LIEBT...!

UNS TRENNEN WELTEN

UNS TRENNEN WELTEN

UNS TRENNEN WELTEN
#2

KATO...
DER SOMMER IST GEKOMMEN.
KNARZ
BAHNHOF
TICKET
KATO!
HAH HAH
HAH HAH
GU...
HUST
GUTEN MORGEN!
ALSO ICH BIN...
... RICHTIG NEUGIERIG...
WA...
WAS FÜR EIN ZUFALL!
WOLLEN WIR ZUSAMMEN ZUR SCHULE GEHEN?
HAH HAH
HAH HAH
ÄHM...
VIELLEICHT EIN STÜCK...
PUH
HAH
... WAS DU VON MIR HÄLTST.
...
KÖNNEN WIR MACHEN.

スイ
SST
ABER WARUM...
... SCHWITZT DU SO SEHR?
ドッキ
BDUMM
ERRÖT
AH...
ÄHM...
!
HA HA...
ICH FAHRE DOCH LIEBER VOR!
ZZAT
BIS GLEICH!
...
ZZAT
ZZAT
HAH
HAH
M...
MEIN HERZ WÄRE BEINAH EXPLODIERT ...!
DAS IST NOCH ZU FRÜH FÜR MICH!
BDUMM
BDUMM
HAH
HAH
KATO IST SUPER COOL.

VORHIN HAB ICH GESEHEN, WIE DIE MÄDELS IHN ANGESTARRT HABEN...
IN DER KLASSE HAT ER DIE AURA EINES KÖNIGS.
ABER GENAU DIESER JUNGE...
... HAT MICH NEULICH GEKÜSST.
...
ERRÖT
MORGEN!
ICH MÖCHTE ZU GERN WISSEN...
... WARUM ER MIR DIESEN KUSS GEGEBEN HAT.
10-B
DER UNTERRICHT FÄLLT AUS! COOL!
ABER BISHER KONNTE ICH IHN NICHT DANACH FRAGEN, DENN...
ER LEBT IN EINER ANDEREN WELT. ZWISCHEN KATO UND MIR...
FUSSVOLK
ICH
AHA! HA! HA!
ECHT?!
KATO
... GIBT'S EINE UNÜBERWINDLICHE MAUER, DIE KLASSENHIERARCHIE HEISST.
OBERSCHICHT

OBERSCHICHT
ICH HAB DIE HANDYNUMMER VON 'NEM MÄDCHEN AUS DER S-MÄDCHEN-HIGHSCHOOL GEKRIEGT!
YEAAH!
NICE, KOHASHI! IST SIE HÜBSCH?
MEINE CLIQUE
ICH HAB EIN SELTENES POKEMON GEFUNDEN!
DAS IST ÜBERHAUPT NICHT SELTEN.
WAS BIST DU DENN FÜR EIN NOOB?
WIR HABEN NULL BERÜHRUNGSPUNKTE.
SO WAS NENNT MAN SELTEN.
COOL! WARST DU IN ENOSHIMA?!
UM KATO NÄHER ZU KOMMEN...
... HAB ICH HEUTE MORGEN AM BAHNHOF AUF IHN GEWARTET...
... ABER OHNE NENNENSWERTEN ERFOLG.
TOCK
コッ
OWADA...
KA...
KATO...?!
KANN ICH DAS KURZ HABEN?

BITTE SCHÖN.
はは
UNTERWÜRFIG
GUT.
HÄ?
WA... WAS?
DEIN HANDY.
AH...
JA!
KLICK
KLICK
?
?
OWADA ...
SCHRECK
DU FÄHRST SONST GAR NICHT AM BAHNHOF VORBEI, ODER?
HÄ?!
WA... WARUM?
ALS WIR UNS LETZTENS AUF DEM BAHNSTEIG VERABSCHIEDET HABEN...
... KONNTE ICH BEOBACHTEN, WIE DU DEN WEG WIEDER ZURÜCKGEFAHREN BIST.
AH!
ER WUSSTE ES!
TU...
TUT MIR LEI...
FWUPP
UWAAH!
PATT

?
WAS...
... IST DAS?
MEINE NUMMER.
WENN DU MICH ABHOLEN MÖCHTEST, SCHREIB MIR VORHER EINE SMS.
DANN WARTE ICH AUF DICH... UND DU MUSST DICH NICHT SO ABHETZEN WIE HEUTE MORGEN.
...
...
STARR
はっ
ぱっ
FWUPP
KATO
...
WIRST DU ERPRESST?
ICH KOMME IHM...

... IMMER NÄHER...!
KATO...
YUICHI...
WO WARST DU DENN?
HAST DU GEHÖRT, WAS KOHASHI GESAGT HAT?
NEE.
DANN HÖR DOCH GEFÄLLIGST ZU, WENN DEIN KUMPEL REDET.
EGAL...
GRINS
GRINS
ALSO AM SAMSTAG MACHEN WIR EIN GRUPPENDATE MIT DEN MÄDELS VON DER S-MÄDCHEN-HIGHSCHOOL.
WAS...?!
HÄ?

EIN GRUPPENDATE?!
VON WELCHER SCHULE, SAGTEST DU?
DU HAST ÜBERHAUPT NICHT ZUGEHÖRT! HA HA!
STIMMT ...
KOHASHI
WIR GEHEN ZUM KARAOKE UND DANN...
... IN DIE BAR, IN DER ICH ARBEITE?
DORT KRIEGEN WIR ALK.
WARTE...
WARTE, WARTE!
S-MÄDCHEN-HIGHSCHOOL. KOHASHI HAT DIE MÄDELS DORT KENNENGELERNT.
HÄ?
DU BIST ECHT GENIAL!
D...
DAS GEHT NICHT...
KATO, DU KOMMST AUCH MIT, ODER?
ICH...
HEY...
MOMENT MA...
KA...
RATTER
KATO!

HM?
WER IST DAS DENN?
SCHOCK
は
TUT MIR LEID...
UNTER-HALTET EUCH RUHIG WEITER!
TANABE ODER WIE DER HIESS?
WAS WAR DAS DENN?
IRGENDEIN ANFALL ODER SO.
ふー
PUH
DAS WAR KNAPP!
FAST HÄTTE ICH WIEDER 'NE TRACHT PRÜGEL BE-KOMMEN...!
...
NA, DANN ...
AM FÜNFTEN MAI...
MIR IST GERADE EINGEFAL-LEN...
... DASS ICH AM SAMSTAG MIT OWADA VERABREDET BIN.
?!
HÄÄ?!
WIE?! KATO, SPINNST DU, ODER WAS?!

KATO, WAS HAST DU…
ODER…
… OWADA?
JA…
ECHT JETZT?!
WER IST DAS ÜBER-HAUPT?
HÄ?!
HÄÄ?!
GUIDE
DATE-IDEEN
BAAAAM
VERANSTALTUNGS-KALENDER
…
WAS MACHE ICH NUR…?
ICH KENNE NICHT EINE COOLE LOCATI-ON…!

WENN MIR NICHTS EINFÄLLT, LÄUFT UNSER DATE GENAUSO WIE MIMASAKA GESAGT HAT...
HEY, TANABE! WOHIN GEHST DU MIT KATO?
HOLST DU UNS GUMMIBÄRCHEN?
SÜSSKRAM KAUFEN?
HA! HA! HA! HA!
VERDAMMT...!
ICH BIN NICHT TANABE!
はっ
SCHOCK
NEIN ...
WAS DIE ANDEREN REDEN, IST SCHEISSEGAL.
KATO HAT DAS GRUPPENDATE ABGESAGT...
... WEIL ICH IN DEM MOMENT IHR GESPRÄCH UNTERBROCHEN HABE.
VIELLEICHT BILDE ICH ES MIR NUR EIN, ABER...
TROTZDEM...
DATE-IDEEN
CAFÉ
Nudeln
BESTE DESSERTS
GUIDE
... WILL ICH JETZT ALLES TUN, WAS ICH KANN...
... UM KATOS ERWARTUNGEN ZU ERFÜLLEN!
DESHALB MUSS ICH DIESEN SAMSTAG...
... UNBEDINGT DIE RICHTIGE WAHL TREFFEN...!
MART
SAMMELN SIE
AB 9:00 UHR GE
DAS IST...

... EIN FOOD-COURT!
LABER
LABER
ÄHM...
JA...
MAMA!
HA! HA! HA!
KOMM, SETZ DICH.
HA!
HA!
...
HA!
HA!
HINSETZ
ストン
...
DAS IST TOTAL DA-NEBEN!
WER HATTE DIE IDEE, ZUM FOOD-COURT ZU GEHEN?!
ICH, NATÜR-LICH!
NEIN, ALLES GUT!
AN 'NER FREM-DEN LOCATI-ON KÖNNTE DAS ERSTE DATE RICHTIG SCHIEFGEHEN. DAHER HAB ICH 'NEN ORT AUSGESUCHT, DEN ICH GUT KENNE!
TUT MIR LEID...
ICH REISE IN DIE VER-GANGENHEIT UND BRINGE MICH UM...!
... DASS ICH DIESEN ORT AUS-GESUCHT HAB.
ICH HAB LANGE ÜBER-LEGT...

SCHON OKAY.
WIE MEINT ER DAS...?!
POSITIV ODER NEGATIV?!
WAS MACHE ICH JETZT...?
ER IST SO AUSDRUCKSLOS, DASS ICH IHN ABSOLUT NICHT LESEN KANN...
ANDERE WÜRDEN VOLL AUSRASTEN.
SETZ DICH.
JA.
WA...
GRRT
SSLP
BIST DU...
... IMMER NOCH IN MICH VERLIEBT?
SPOTZ
HÄ...?
HÄÄ?!
SEIT DEM LETZTEN MAL HAST DU MICH NICHT MEHR ANGESPROCHEN.
DA...
DANKE, DASS DU DAS ERWÄHNST.
DO... DOCH.

UND SELBST WENN DU MICH MAL ANSPRICHST, LÄUFST DU GLEICH WIEDER WEG.
UH...
DU MEIDEST JEDEN BLICKKONTAKT, OBWOHL DU MICH HEIMLICH BEOBACHTEST.
AH...
WAS WILLST DU EIGENTLICH MACHEN?
ICH WUSSTE NICHT...
... DASS ICH SO KOMISCH WIRKE.
HAST DU...
... DAS INTERESSE AN MIR VERLOREN?
LABER
LABER
NEIN...
NATÜRLICH NICHT.

ICH WOLLTE...
... IMMER MIT DIR REDEN.
ABER ...
... ICH KONNTE ...
... NICHT DAS GERINGSTE TUN.
UND ICH HAB STÄNDIG ÜBERLEGT, WIE ICH DIR...
... NÄHER KOMMEN KANN.
SORRY...
ÖHM...
DAS IST NICHT DER PASSENDE ORT, UM ÜBER SO WAS ZU REDEN.
BLICK
VERSTEHE.
JETZT BIN ICH ERLEICHTERT.
BDUMM

ER...
ERLEICHTERT...?
DAS HEISST ...
DER LADEN ...
... PASST RICHTIG GUT ZU DIR.
HÄ?!
FI...
FINDEST DU...?
NACH EINEM KOMPLIMENT KLINGT DAS NICHT...
LÄCHEL
JA.
ERRÖT
ぶわっ
...!
WIR VERSTEHEN UNS GUT, ODER...?
SO EINE HARMONISCHE AUSSTRAHLUNG...
... KENNE ICH GAR NICHT VON IHM...!
AH, VERSTEHE!
WIR BEGEGNEN UNS AUF AUGENHÖHE, WEIL WIR NICHT IN DER SCHULE SIND!
DAS BEDEUTET...

KATO...
JETZT KANN ICH ES SAGEN ...!
OH...!
TELEFON.
PATT
ぱっ
SORRY, DA MUSS ICH RANGEHEN.
BITTE, BITTE!
NICHTS ÜBERSTÜRZEN...
ABER...
AUCH IN FREIZEITKLEIDUNG...
DAS SEHE ICH JETZT ERST.
... SIEHT ER VERDAMMT GUT AUS.
DER TYP SIEHT SUPER GUT AUS!
KRASS!
ICH WILL SEINE TELEFONNUMMER HABEN!
RATTER
ガタッ
...
DU STÖRST!
HAU AB!

SORRY, MÄDELS! KATO GEHÖRT MIR...
HNF!
ABER ...
WAS MACHT ER AN SO EINEM ORT?
TOTAL UNPAS-SEND!
HA! HA! HA!
...
...
WOR-ÜBER ... UNTER-HÄLT ER SICH?
STIMMT ...
IN MEINEM LIEBLINGS-LOKAL...
...WIRKT ER WIE EIN FREMDER.
...

KATO...
WAS DENN?
AH...
ÄHM...
KANN MAN NOCH AM GRUPPENDATE TEILNEHMEN?
WAS...?
WILLST DU DAHINGEHEN?
ICH HAB NUR EIN SCHLECHTES GEWISSEN...
... WEIL DU DEINEN TERMIN ABSAGEN MUSSTEST.
DU HAST EIGENTLICH WAS BESSERES VERDIENT.
NE...
NEIN!
HÄ?
TJA...
TUT MIR ECHT LEID!

ICH WEISS, WIE GE-SCHMACK-LOS ICH BIN!
DU BIST BESTIMMT VOM MIR ENTTÄU...
FWOCK
?!
...?!
ゴホッ
HUST
WIE DENN?
DAS BILDEST DU DIR ...
... ALLES DOCH NUR EIN.
A...
ABER...
ゴホッ
HUST
ICH BIN SO LANG-WEILIG...

HÖR ENDLICH AUF, DICH SELBST SCHLECHT ZU MACHEN!
GADONK
!
SCHRECK
WENN DU STÄNDIG NUR NEGATIVES AUFZÄHLST...
... FANGE ICH AN, DICH AUCH UNCOOL ZU FINDEN.
KA...
KATO ...
OBWOHL ICH DAS...
... NOCH NIE SO EMPFUNDEN HAB.
ICH GEHE NACH HAUSE.

AH...!
KATO...
...
ALSO DOCH.
AUCH AUSSERHALB DER SCHULE...
... SIND WIR SO UNTERSCHIEDLICH...
... WIE TAG UND NACHT.
NORMALE LEUTE VERSETZEN ANDEREN KEINEN TRITT.
UND GEGEN GELÄNDER TRETEN SIE AUCH NICHT.
ICH WÜRDE SO WAS NIE TUN ...
IST DAS DER TYP AUS DEM FOOD-COURT?
STIMMT!
UH...
UH...
UGH...
HEULT ER?
HA! HA! HA!
ALSO DOCH...

UNS TRENNEN WELTEN...
WEISST DU, WO YUICHI IST?
WENN DU IHN SIEHST, GIB MIR BESCHEID!
NAMI FRAGT, WO ER IST. ER MUSS UNS ZU DER BAR FÜHREN, IN DER ER JOBBT!
...
HEY!
WAS IST LOS MIT DIR?
DU REAGIERST SONST KAUM AUF DEINE NACHRICHTEN.
WAS?
DU WEISST DOCH, WAS ICH MEINE.

YUICHI.
KOHASHI SUCHT DICH.
GEH ZURÜCK.
ICH MACH NUR EIN PÄU-SCHEN.
DIE MÄDELS WAREN TOTAL LANGWEI-LIG.
DU HAST NICHTS VERPASST.
...
UND? WO WARST DU HEUTE NACHMIT-TAG?
IN EINEM RESTAU-RANT? ODER BEI MCDO-NALD'S?
AUF 'NEM FOOD-COURT.
SPOTZ
FOOD-COURT!! (LOL)
HA! HA! HA!
HA! HA!
DAS IST...
HA...
... NICHT LUSTIG.

BOAH, NEE! ECHT JETZT?!
...
MACHT ES DIR SPASS, MIT DEM SCHOSS-HUND ZU SPIELEN?
DU LIEBST HUNDE.
JA, HUNDE MAG ICH.
...
SO SEHR...
... DASS DU MIT EINEM IN DIE KISTE STEIGST, HÄ?!
GASCHAANG
WAS WILLST DU DAMIT AN-DEUTEN?
AH!

KATO!
HAH
HAH
HAH
HAH
TATAPP
TATAPP
WAS WILL ER VON UNS?
...
TATAPP
FWUPP
WENN DU JEMANDEN TRETEN WILLST...
... DANN TRITT MICH.

DOMM
AUA!
AUTSCH!
HÖR AU...
DOMM
YUICHI...!
DEIN HANDY KLINGELT.
VERSCHWINDE ENDLICH.
...
TSS
NA, GUT...
KOHASHI, STRESS MICH NICHT.
...
AH... KA... KATO...
OWADA ...
WAS MACHST DU HIER?
AH...
ÄH... ÄHM...
WIE SOLL ICH ES ERKLÄREN?
ICH HAB IHN GESUCHT...
OH, NEIN!
WAS TUE ICH, WENN ER WIRKLICH ZUM GRUPPENDATE GEHT?!
...WEIL ICH MICH ENTSCHULDIGEN WOLLTE. ABER...

SORRY...
... WEGEN HEUTE.
SCHON GUT.
HÄ?
ER FINDET MICH BESTIMMT VOLL LÄCHERLICH.
ALSO, DAS IST...
ÖHM ...
...
ICH DACHTE, DU WÜRDEST DICH FREUEN, WENN ICH DICH ZU EINEM DATE EINLADE.
ABER DA LAG ICH WOHL FALSCH.
NA KLAR HAB ICH MICH GEFREUT!
HÄ?
HÄÄ?
SCHON GUT, OWADA.
ES TUT MIR LEID.
HÄ...?

NEIN, KATO...
WARUM ENTSCHULDIGST DU DICH?
ICH WAR...
ICH WAR NUR...
ZZAAT
STOLPER
AH!
TU...
TUT MIR LEID ...!
KATO!
WARTE...
ICH WAR VORHIN ...
... EINFACH NUR TRAURIG.
DU BIST IMMER SO COOL UND LÄSSIG UND GUT GEKLEIDET...
... ABER ICH BIN STINKNORMAL.
ICH HAB NULL SELBSTVERTRAUEN.
UND ICH HAB DIR...
... HEUTE DIE LAUNE VERDORBEN.

OBWOHL ER...
... EXTRA GESAGT HAT...
... DASS ER MICH NIE UNCOOL FAND.
SAG JETZT NICHT „SCHON OKAY“, ODER SO WAS.
ABER ... ICH LIEBE DICH TROTZ-DEM.
BITTE ... VERLASS MICH NICHT!
TUT MIR LEID!
RATTER
RATTER
WIESO VERLAS-SEN?
WIR SIND DOCH GAR NICHT ZU-SAMMEN.
HÄ?!

AH...
D...
DU HAST RECHT.
SORRY ...
...
ENTSCHUL-DIGE DICH DOCH NICHT STÄNDIG.
STEH AUF.
J...
JA, ABER ...
ICH BIN DEN GANZE WEG GE-RANNT, BIS ICH DICH GEFUNDEN HATTE...
ZITTER ZITTER
JETZT SIND MEINE BEINE WIE PUDDING.
HÄ?
WARUM HAST DU MIR KEINE SMS GESCHICKT?
AH!
...
AH...
ER DENKT BESTIMMT, ICH BIN BESCHEUERT.

TUT...
... MIR LEID.
ERRÖT
かぁ...
ICH WAR ...
... TOTAL VERZWEIFELT.
...
HEY...
STEHST DU AUF KERLE?
HÄ?
I...
ICH...
... GLAUB NI...
ICH AUCH NICHT.
ICH HAB KEIN INTERESSE AN JUNGS...
UND ALTE SÄCKE, DIE AUF JUNGS STEHEN, FINDE ICH TOTAL WIDERLICH.
J...
JA, STIMMT ...
ABER ...

DASS DU IN MICH VERKNALLT BIST...
... FINDE ICH...
... TOTAL SÜSS.
HÄ...?
DAS HEISST...
DU VERLETZT DICH WIRKLICH STÄNDIG.
TUT'S WEH?
HÄ?
ÄHM...
JETZT NICHT.
ABER...
... GRÖSSTENTEILS IST EIGENTLICH ER VERANTWORTLICH ...
ACH, SO.

KÜSS
ICH...
... FIND'S TOLL, DASS DU SO AUFRICHTIG BIST.
DAS KÖNNTE ICH NICHT.
KA...
KATO ...
HEY...

WILLST DU MEIN FREUND SEIN?
RAUSCH
ざあっ
J...
JA!!
GUTE ANTWORT.

HA, HA...
KA...
KATO...!
KATO ...
ICH LIEBE DICH.
OKAY.
ICH LIEBE DICH ...
KÜSS
ちゅ
U...
UWAAH...

ICH LIEBE DICH.
KÜSS
LASS UNS ZU-SAMMEN SEIN…
MMH.
KÜSS…
HM…
HA, HA…
HAH
KATO…
DAS…
… HAB ICH DOCH GERADE VORGE-SCHLAGEN.
KICHER
KICHER
BDUMM
KA…

KATOOOO!!!
HAH HAH
?!
GRAPP
HAH HAH
DU BIST SO SÜSS!
HEY!
KATO...!
WARTE MA...
ACK!
DOMM
ICH HAB GESAGT, DU SOLLST AUFHÖREN.
AUF DIE KNIE
土下座
VERZEIHUNG.
DEIN TRITT HAT ECHT GESESSEN.
ALSO...

WIR MACHEN EIN ANDERES MAL WEITER.
OH...
BDUMM
KATO...
...!!
ICH BIN VERRÜCKT NACH DIR.
LASS UNS GEHEN!
MOMENT MAL, KATO!
ICH KANN NICHT AUFSTEHEN... AUS VERSCHIEDENEN GRÜNDEN...!
LIEBE GRÜSSE, DEIN OWADA.

UNS TRENNEN WELTEN

UNS TRENNEN WELTEN

UNS TRENNEN WELTEN
#3

KATO WOLLTE UNBEDINGT MEIN ZIMMER SEHEN...
DU HAST JA...
... NOCH JEDE MENGE SPIELZEUG.
G...
GIBT'S IRGENDWAS, WAS DICH INTERESSIERT?
ドキ BDUMM
ドキ BDUMM
NUR KEINE SCHEU!
IST DAS ... 'NE SPARDOSE?
JA!
WENN MAN...
... HIER 'NE MÜNZE HINLEGT ...
GUAAAH!
パカッ KLAPP
...
AHA, HA, HA!
KLACK
HEY, KATO...
HAST DU DICH ERSCHRECKT?
クス LÄCHEL

BDUMM
ドキン…
UN-GLAUB-LICH...
... DASS KATO IN MEINEM ZIMMER IST.
WIR KNUTSCHEN SOGAR...
MMH...
KATO IST EIN KLASSEN-KAMERAD.
VOR DEN FERIEN HAT ER HINTER MIR GESES-SEN.

ABER DAS WAR UNSER EINZIGER BERÜHRUNGSPUNKT.
KATO
WER KOMMT MIT ZUM GRUPPEN-DATE?
ICH DACHTE, ICH HÄTTE KEINE CHANCE...
... EINE NORMALE FREUNDSCHAFT MIT IHM AUFZUBAUEN.
ABER...
COOLE JUNGS
ELITE
GEMEINES VOLK
KLASSENHIERARCHIE
HIER SEHT IHR, WIE UNTERSCHIEDLICH WIR SIND!
LASST UNS ZOCKEN!
NERDS
ICH
WILLST DU MEIN FREUND WERDEN?
JETZT SIND WIR ZUSAMMEN!
TRÄUME ICH?
HOFFENTLICH WACH ICH NICHT AUF...!
SSLP
SSLP
KÜSS
UH.
HNF.
MMH ...!
DRÜÜCK
UGGH!
ACH, DU...
ES REICHT...!
HAH
BDUMM
!

AAAAAAH!
ICH WILL IHN GANZ FEST AN MICH DRÜCKEN!
BDUMM BDUMM BDUMM
?
OWADA?
NUR EIN BISS-CHEN.
WIR SIND ZUSAM-MEN.
EINE KLEINE UMARMUNG IST DOCH NICHTS SCHLIMMES, ODER...?
SST
BDUMM
BDUMM
BATSCH
AUA!
OH...
SORRY.
KEIN PRO-BLEM!
KEINE CHANCE.
NA JA, DAMIT MUSS ICH LEBEN.
„ABER DANN HAT ER MICH AM NACKEN GEPACKT..."
„SEITDEM HAB ICH ANGST DAVOR, AM NACKEN ANGE-FASST ZU WERDEN."
AUS DIESEM GRUND WILL ER NICHT ANGEFASST WERDEN.

NUR GE-DULD ...
WIR LERNEN UNS STÜCK FÜR STÜCK NÄHER KENNEN UND IRGENDWANN KOMMT DER MOMENT, WO...
AH!
HAST DU...
... LUST AUF SEX?
HÄ?!
WIE?
PLOPP
UWAH!
PLOPP
PLOPP
HEY!
ぱっ
GRAPP
K...
KENNST DU DAS SPIEL?!
OTHELLO
LASS UNS OTHELLO SPIELEN!
HÄ?

KEINE LUST? DANN...
D-DAS HAB ICH SCHON EWIG NICHT MEHR GESPIELT!
OWADA ...
FRÜHER WAR ICH DER OTHELLO-MEISTER...
WILLST DU WEISS ODER SCHWARZ?
...
OH, ICH KRIEGE 'NE ECKE!
UND SO...
... ENDETE DAS ERSTE DATE BEI MIR ZUHAUSE.
DING
DONG
WARUM HAB ICH IM ENTSCHEIDENDEN MOMENT VORGESCHLAGEN, OTHELLO ZU SPIELEN...?!
LABER
WA...
LABER
KATO HAT WÄHREND DES SPIELS ANGEFANGEN, AUS LANGWEILE MANGA ZU LESEN...
DAHER HABEN WIR DIE PARTIE NICHT ZU ENDE GESPIELT.
DOOOOM
IST DIR NICHTS BESSERES EINGEFALLEN...?!
ICH BIN SO EIN ANFÄNGER!
HEY, OWADA!

WARUM SO TRÜBSINNIG?
ER HAT BESTIMMT SEINE GANZE KOHLE FÜR EIN SPIEL VERBALLERT!
IST MIR AUCH SCHON MAL PASSIERT.
DAS IST KEIN SPIEL...
ICH HAB LIEBESKUMMER.
OH, ETWA EIN HENTAI-SPIEL?
ODER EIN IDOL-MANAGER?
RAUS DAMIT, HERR PRODUZENT!
ES GEHT NICHT UMS ZOCKEN!
HM ...?
ABER...
SPÄH
SCHOOOCK
VIELLEICHT WAR DAS NICHTS BESONDERES FÜR KATO...
...
OWADA IST VERLIEBT?
HEPP
?!
BESTIMMT IN EINE ANIME-FIGUR!
HÄ?
HAT ER MICH IGNORIERT...?
NEIN, ER HAT MICH NUR NICHT GESEHEN.
ODER ...?

KATO!!
HÄ?
OB SICH UNSERE BLICKE GETROFFEN HABEN?
SCHON MÖGLICH. NA UND?
WAR DAS ALLES?
ER HAT MICH DOCH IGNORIERT.
DANN GEHE ICH WIEDER ZURÜCK.
AH!
MOMENT MAL!
BI...
BIST DU SAUER...?
OB ICH SAUER BIN?
DU HAST WIRKLICH KEINE AHNUNG, ODER?
HÄ?!
DOCH, SCHON...
ÄH...
VIELLEICHT WEIL ICH GESTERN LANGWEI-LIG WAR...
JA, SPANNEND IST WAS ANDERES.
SCHOCK

NEIN, ICH MEINE...
... HEUTE NACHMITTAG ZEIT?!
HAST DU...
LASS UNS IRGENDWO HINGEHEN, WO ES DIR GEFÄLLT!
GRAPP
EGAL WOHIN! ICH BEGLEITE DICH...!
UND ICH WERDE ALLES TUN, WAS DIR SPASS MACHT!
DESWEGEN...
... BITTE ICH DICH...!
GIB MIR NOCH EINE CHANCE...!
...
OWADA ...
QUÄLST DU WIEDER DEINEN SCHOSSHUND?
DU...
KATO...

OH, NEIN!
MIMASAKA!
YUICHI...
SEI NETT ZU IHM.
SCHOSS-HUND
ODER HAST DU SCHON GENUG DAMIT GESPIELT?
MAL DEN TEUFEL NICHT AN DIE WAND!
DAMIT
ICH WOLLTE HEUTE NACHMITTAG ZUR WERKSTATT GEHEN.
OH, JA! DEINE HANDARBEIT.
SAG DAS NICHT SO!
HA, HA, HA!
WILL ER...
... DAMIT ANGEBEN, WIE GUT ER MIT KATO BEFREUNDET IST ...?
GENERVT
ALSO ICH...
... HAB MORGEN ZEIT.
MORGEN NACHMITTAG GEHEN WIR MIT DEN ANDEREN BOWLEN.
SANDKASTEN-FREUNDE
WA...!!

WARUM TRIFFT ER SICH OHNE MICH MIT DEN ANDEREN...?
AUCH IN DER SCHULE KANN ICH KAUM MIT IHM REDEN.
ICH BIN SO NEIDISCH...!
WILLST DU VIELLEICHT ...
AH...
... MITKOMMEN?
HÄ?!
DARF ICH...?!
IST DAS DEIN ERNST?
は
SCHOCK
HAH
ハァ
...
HÄÄ?
NA JA...
ICH SAG DEN ANDEREN BESCHEID.
WAR DAS VIELLEICHT...

... DIE FALSCHE ENTSCHEI-DUNG...?
AM NÄCHSTEN TAG
BOWLING
AMUSEMENT
DARTS
BILLARD
HIER SIND LAUTER ...
KYAH
... HÜBSCHE MÄDELS ...
KYAH
KLONK
RRRR
HA! HA! HA!
... UND COOLE TYPEN.
WOW!
ABWESEND
UND ICH.
HEY, OWADA!
WIR RUFEN DICH, WENN DU DRAN BIST!
DU GEHÖRST ZU UNSE-REM TEAM!
AH!
VIELEN DANK!
KYAH
KYAH
...
ICH BIN AM FAL-SCHEN ORT!

HIER SIND SO VIELE LEUTE. KEINE AHNUNG, WO KATO IST.
WAS MACHE ICH ALLEIN AN SO EINEM ORT...?
ICH WOLLTE MIT IHM REDEN ...
OB ER IMMER NOCH SAUER IST...?
OWADA.
HIER STECKST DU.
KA...
KATO...!
HINSETZ
ALLES IN ORDNUNG?
TRÄUM
SEINE WANGEN SIND LEICHT GERÖTET...
DU SITZT HIER GANZ ALLEIN UND WIRKST ABWESEND.
HÄ?
WA... WARUM?!
ALLES OKAY! MIR GEHT'S SUPER!
DOPPEL-V-ZEICHEN
NA DANN...

AH...
ÄHM...
BIST DU...
... IMMER NOCH SAUER...?
HÄ?
ES...
ES TUT MIR LEID...
NA JA, „SAUER" IST VIELLEICHT NICHT DAS RICHTIGE WORT.
DU HAST MICH HEUTE BEGLEITET UND DAMIT SIND WIR JETZT QUITT.
HÄ...?
DU MAGST SOLCHE LÄ-DEN NICHT, ODER?
HÄ?
NEIN...
ICH...
YUICHI HAT DICH SO OFT GEÄR-GERT. DARUM VERZEIHE ICH DIR...
... DASS DU DICH LETZTES MAL VOLL DANEBEN BENOMMEN HAST.
STATT SAUER ZU SEIN, MACHT ER SICH SORGEN UM MICH...!
GERÜHRT

AH:...
DANKE MIMASAKA...
NA, JA...
MIMASAKA GEFÄLLT ES SICHER NICHT, DASS EIN KERL WIE ICH...
... DIE GANZE ZEIT AN DIR KLEBT.
ER HÄLT MICH FÜR SEINEN KLEINEN BRUDER, ODER SO WAS.
HÄÄ? WARUM?!
...
AH...
ICH HAB DIR DOCH ERZÄHLT, DASS ICH FRÜHER IN DER BAHN BELÄSTIGT WURDE?
AH... JA.
DAMALS WAR ICH OFT DEPRESSIV, WEIL MEINE ELTERN STÄNDIG GESTRITTEN HABEN. DESHALB...
... BIN ICH AUS TROTZ AUF ABWEGE GERATEN.
AUS TROTZ...?
DA ICH DIESE BERÜHRUNGSANGST HATTE...
... WICH YUICHI NICHT VON MEINER SEITE.
INZWISCHEN IST ER SELBST ZU SO EINEM SCHLÄGERTYPEN GEWORDEN.
SIE SIND...

... VIEL ENGER MITEINANDER VERBUNDEN ALS ICH DACHTE.
V... VERSTEHE ...
WAS HEISST, AUF „ABWEGE GERATEN“ GENAU?
ABER...
DU MUSST HIER NICHT RUMHÄNGEN.
WENN ES DIR NICHT GEFÄLLT, KANNST DU JEDERZEIT GEH...
HÄÄ?!
WIESO?!
ICH BIN SUPER GLÜCKLICH ...
... WEIL ICH IN DEINER NÄHE SEIN WOLLTE!

OH!
AH...
NEIN...
ICH MEI-NE...
WARUM BRÜL-LE ICH SO LAUT?!
O...
OKAY...
BDUMM
WIE...
OWADA, DU BIST DRAN!
...
WIE SÜSS...!
ICH WILL IHN...
... GANZ FEST AN MICH DRÜ-CKEN!
ER HATTE ALSO EINE SCHWERE KINDHEIT.
DAS MACHT ES NOCH SCHWIERI-GER, IHN IN DIE ARME ZU NEHMEN.
UND PROBLEME MIT SEINER FAMILIE...

ER BRAUCHT EINE STARKE SCHULTER...
... AN DIE ER SICH ANLEHNEN KANN.
WENN ER SICH SICHERER FÜHLT, DANN...
ICH WEISS JETZT, WAS ICH TUN MUSS...!
DIES IST GENAU DER RICHTIGE MOMENT...
... UM IHM ZU ZEIGEN, WAS ICH DRAUF HABE!
DU SCHAFFST ES!
NULL PUNKTE!
HALB SO WILD!
WIEDER NULL PUNKTE!
AHA! HA! HA! HA!
ゴロ
ROLL
UWAAAH!
ゴロ
ROLL
WAAAS?!
HA! HA! HA!
キャッ
LABER
JETZT BIN ICH DRAN!
キャッ
LABER
...
OWADA...
MÖCHTEST DU WAS TRINKEN?
...
HÄ?

ÄHM...
ALSO...
ICH MÖCHTE ETWAS MIT SPRUDEL...
OKAY.
ER IST SO RÜCKSICHTSVOLL...
ずーーん
DOOOOM
DAMIT SETZT ER MICH NOCH MEHR UNTER DRUCK...
HEY, OWADA!
MÖCHTEST DU EINEN DONUT?
HÄ?
W-WER IST SIE?
DA... DANKE...
DAS WAR SUPER LUSTIG, WIE DU VORHIN ÜBER DIE BAHN GEROLLT BIST!
UGH!
HAH...
WIEDER TRÜBSINNIG
OWADA, BIST DU ETWA EINE...
... BOWLING-JUNGFRAU?
ぶっ
SPOTZ

WA...
HÄÄ?! WAS SAGST DU...?!
NICHT AUFREGEN!
ES GEHT NUR UMS BOWLING!
WILL DIE MICH ÄRGERN ...?!
DU...
OWADA.
DAS HEISST, DU BIST WIRKLICH NOCH JUNGFRAU?!
KLAPPE! DAS GEHT DICH NICHTS AN!
AHA, HA, HA! VOLLTREFFER, WAS?!
W...
HIER, DEIN GETRÄNK.
コト
TOCK
!
KATO...
AH!
HEY, KATO!
WEISST DU WAS?
OWADA IST NOCH JUNGFRAU.
WA...

DU BIST NOCH JUNGFRAU.
HÄ?!
SCHRECK
DAS SAGT SIE AUSGERECHNET IN DEM MOMENT, WO ICH VERSUCHE, KATO ZU ÜBERZEUGEN...
RED NICHT SO EINEN MIST...!
AHA...
NEIN...
WIRKLICH?
ÖHM, NA JA...
WAS ANTWORTE ICH DARAUF ...?
WILLST DU EINEN DONUT?
JA, DANKE!
HMM?
HAT KATO SCHLECHTE LAUNE...?
JA ODER NEIN?
WI... WIE- SO?
WAS HAB ICH DIESMAL FALSCH GEMACHT?!
ÄHM...
KATO...
HATSCHI!
!

HEY, KATO...
HIER, ZIEH DIR DAS...
AH...
IHM WAR NUR KALT.
KATO.
DU HAST DEINEN CARDIGAN VERGESSEN.
PLAFF
HÄ?!
DANKE.
WARUM ...?
... KATOS SCHULTER BERÜHRT ...?!
YO.
HAT ER GE-RADE ..

DU BIST WIRKLICH GEKOM-MEN!
UND...? HAST DU SPASS?
ÄHM...
NA JA...
WARUM DARF ER KATOS SCHULTER BERÜH-REN...?
GENERVT
IRGEND-WIE...
... PASST DIE-SE LOCATION ÜBERHAUPT NICHT ZU DIR.
HA! HA!
!
ICH...
... WOLLTE GERADE GEHEN.
DAS WAR MIR AUCH KLAR...
... OHNE DASS ER'S MIR UNTER DIE NASE REIBT.
OWADA...
WAS IST LOS?
WILLST DU SCHON NACH HAU-SE GEHEN?
KATO...

ICH...
... DARF DEINE SCHULTERN NICHT BERÜHREN, ABER MIMASAKA SCHON?
HÄ?
SCHON KLAR! IHR LEBT JA AUCH IN EINER ANDEREN WELT!
HÄ...?
ICH GEHE JETZT.
...
WAS IST LOS MIT IHM?
GENERVT
KATO...
WOLLEN WIR WAS ESSEN GEHEN?
JA...
...

...
VOLL-IDIOT...
ALSO WIRKLICH...
DU BIST SO EIN ARSCHLOCH!
FWOOOO
ZITTER
ZITTER
D...
DER WIND IST EISKALT.
ZITTER
WAS HAB ICH VORHIN ZU IHM GESAGT?
DU IDIOT ...
„ICH DARF DEINE SCHULTERN NICHT BERÜHREN, ABER MIMASAKA SCHON?“
SIE KENNEN SICH SCHON SEIT IHRER KINDHEIT!
„SCHON KLAR! IHR LEBT JA AUCH IN EINER ANDEREN WELT!“
JA!
DAS IST DOCH SELBSTVERSTÄNDLICH!

DU HAST DEINE GANZE WUT AN IHM AUSGELASSEN!
ゴロ
ROLL
OWADA, DU IDIOT!!
ゴロ
ROLL
ALLES AUS...
WENN ICH DAS GEWUSST HÄTTE...
... HÄTTE ICH LETZTENS GARANTIERT MIT IHM GESCHLA...
HEUL
ギョ
GLOTZ
DU DENKST...
... VIEL PRAGMATISCHER ALS ICH DACHTE.
K...
KATO...!
HAT ER ALLES GEHÖRT?!
ÜBRIGENS, DEIN SPRUCH VORHIN...
... WAR TOTAL DANEBEN.
!!

ÄHM, JA...
DAS WEISS DOCH SOWIESO JEDER...
HÄ?
WAS WEISS JEDER?
DASS WIR IN VERSCHIEDENEN WELTEN LEBEN?
ICH HÄTTE DAS NICHT SAGEN SOLLEN.
WAS?
DAVON HAB ICH NOCH NIE GEHÖRT.
K...
KATO...?
DU HAST DOCH SELBER EINE GRENZE GEZOGEN.
UND EGAL, WAS ICH DIR SAGE...
... DU LÄCHELST MICH BLOSS AN UND WECHSELST SCHNELL DAS THEMA.
DU BIST DERJENIGE, DER ZWISCHEN UNS EINE MAUER ERRICHTET. NICHT ICH.

ICH WEISS KAUM ETWAS ÜBER DICH.
WAS DU MAGST...
... UND WAS DU SO DENKST.
NA...
NA JA...
ABER NICHT MIT ABSICHT.
KA...
KATO...
RASCHEL
EIGENTLICH WOLLTE ICH DIR...
... DEN PULLI ZURÜCKGEBEN.
AH!
DU HAST IHN...
... FÜR MICH AUSGEZOGEN, ODER?
!
SORRY, DANKE SCHÖN.
ICH HATTE IHN VERGESSEN.

JA, TUT MIR LEID ...
NUN MUSSTEST DU IHN MIR EXTRA HER-BRINGEN.
ALLES GUT.
DAS HAT MICH SEHR GEFREUT.
KATO...
WARUM...
... GUCKT ER MICH SO TRAU-RIG AN?
ICH GEHE DANN MAL...
AH!
WAR...
STARR
KATO, PASS AUF...!
HÄ?

?!
SLTSCH
KATO!
ZZAAT
UWAAH!
...
AUTSCH ...

OH...
SORRY, OWADA...
ALLES OKAY?
KATO...
HAST DU DICH VER-LETZT?!
NEIN.
WIRKLICH ...?!
GUCK LIEBER NOCH MAL NACH...
AH!
TU...
TUT MIR LEID!
PATT
はっ

WARTE, ICH STEHE AUF.
AH...
SCHON WIEDER...
GRAPP
WARTE!
SCHON GUT.
KATO...
EI-GENT-LICH...
... WOLLTE ICH DICH...
... SCHON DIE GANZE ZEIT IN MEINE ARME NEHMEN.
ABER ICH...
... HAB MICH NICHT GETRAUT, WEIL DU DAMALS SCHLECHTE ERFAHRUNGEN GEMACHT HAST.
DOCH WENN DU...
... KEIN PROBLEM DAMIT HAST...
... VON MIMASAKA BERÜHRT ZU WERDEN, DANN... NA JA... ICH BIN NICHT SO STARK WIE ER.
ABER TROTZ-DEM...

ICH WILL DICH...
...AUCH BERÜHREN!
RATTER
RATTER
...
ÜBRIGENS HAT ER GAR NICHT...
... MEINE SCHULTERN BERÜHRT.
NUR DEN PULLI ABGELEGT.
HÄ?!
AH!
ACH, JA?!
ERRÖT
EIN IRRTUM!
VERGISS EINFACH, WAS ICH GESAGT HAB!
LENK NICHT VOM THEMA AB.
WARUM...?

HÄ... HEISST DAS...
ICH DARF DICH BERÜHREN?
BDUMM
VORHIN ...
... ALS DU MICH FESTGEHALTEN HAST, WAR'S OKAY.
MIT DIR HAB ICH WOHL KEINE PROBLEME.
HÄ?!
I-ICH BIN 'NE AUSNAHME?!
SAG ALLES, WAS DU DENKST.
ZERBRICH DIR NICHT DEN KOPF ÜBER RICHTIG ODER FALSCH.
VERTRAU DIR SELBST.
ICH WEISS, DU BIST EIN SEHR RÜCKSICHTSVOLLER TYP.
KATO...
DA FÄLLT MIR EIN ...
ICH WAR IRRITIERT, ALS DU DICH HEUTE NACHMITTAG MIT EINEM MÄDCHEN UNTERHALTEN HAST, DEM DU ZUVOR NOCH NIE BEGEGNET BIST.
HÄÄ?!
SOLL DAS HEISSEN...
GRNG
...!
ER IST EIFERSÜCHTIG ...?!

KATO!
DRÜCK
!
KATO!
DU BIST SO NIEDLICH!
ICH LIEBE DICH SO SEHR!
...
KATO!
DRÜÜCK
ZUCK
AH...!
SCHOCK はっ
S...
SORRY!
ICH WAR WIEDER ZU ÜBER-MÜTIG...
NEIN.

ALLES GUT.
HÖR NICHT AUF.
KATO...
JA...
IRGENDWO IN MEINEM HINTERKOPF...
... DENKE ICH IMMER NOCH, DASS ER IN EINER ANDEREN WELT LEBT.
UND DAS MACHT MICH OFT UNTERWÜRFIG...
KATO...
DARF ICH DICH KÜSSEN?

DAS MUSST DU NICHT FRAGEN.
ICH WAR WIRKLICH DUMM.
WARUM HAB ICH NICHT SCHON FRÜHER BEMERKT...
... WIE SEHR ER SICH MIR ANGENÄHERT HAT?
... DAS IST SO SCHÖN.
ICH MUSS IHN IRGEND-WANN WIEDER LOSLAS-SEN.
NUR NOCH EIN BISSCHEN ...
KÜSS
チュ
OWADA ...
JA ...?
KÜSS
チュッ
DU HAST 'NEN STÄN-DER.
BDUMM

HÄ ...?
DRÜCK
AH!
KA...
KATO!
STOPP!
DAS IST DOCH ...
LETZTES MAL...
... WOLLTEST DU NICHT WEITERMACHEN, WEIL DU NOCH JUNGFRAU BIST.
S...
SO KÖNNTE MAN...
... ES AUCH SAGEN.
MÖCHTEST DU HEUTE DEIN ERSTES MAL ERLEBEN?
?!
JE...
JETZT?!
UNTER FREIEM HIMMEL?!
HIER AN DIESEM ORT?!
ES IST KEINER DA.
ABER WIR SIND DOCH GAR NICHT VORBEREITET.
DAS KRIEGEN WIR SCHON HIN.
EINFACH SO...!
ER KOMMT AUS 'NEM VÖLLIG ANDEREN KULTURKREIS!
ÄHM...
HEISST DAS...
... ICH DARF IHN DIR REINSCHIEBEN ...?
WÄR DAS FÜR DICH...
NA KLAR.

ICH WILL SEHEN ...
... WIE DU DICH VERAUSGABST.
!!
BDUMM
DANN LOS! WORAUF WARTEST DU NOCH?
KLIRR
DER REISSVERSCHLUSS KLEMMT!
KLIRR
ZIEEP
AH!
UWAAH!
VERPASS NICHT SCHON WIEDER DEINE CHANCE!
MACH DICH AUF WAS GEFASST!
... ZIEMLICH GROSS...
FÜHLT SICH...
RASCHEL
RASCHEL
PLOPP

...?
K...
KATO...
...
SCHLUCK
GRAPP
UH!
HEY!
KATO...
MO...
AH!
AH!
AH!
RUBBEL
RUBBEL
RUBBEL
...?!
KA...
KATO ...?
HAH
HAH
HAH
HAH
ICH...
PLITSCH
AAAAH!

... GEH NACH HAUSE. ICH HAB NOCH WAS ZU ERLEDIGEN.
ALSO DANN...
HÄ?!
TATAPP
HEY!
KATO ...?!
?
RAUSCH
...?!
ACH, EGAL.
KATOS HAND...
... WAR SAMTWEICH.
OWADA HAT AUS VERSEHEN EINE SMS, DIE FÜR SEINE MUTTER GEDACHT WAR, AN KATO GESCHICKT...
AM FLUSS ...
ICH BETRACHTE DIE STERNE AM FLUSS. LASS BITTE WAS ÜBRIG.
DESHALB GAB'S HEUTE ABEND NUR INSTANT-NUDELN AUSSER-DEM IST ER IMMER NOCH JUNGFRAU, SCHIEN ABER TROTZDEM GLÜCKLICH ZU SEIN.

UNS TRENNEN WELTEN

UNS TRENNEN WELTEN

UNS TRENNEN WELTEN
#4
ZWEITER TEIL

ICH MAG REISBÄLL-CHEN MIT THUNFISCH.
ABER DIE MIT GEBRATENEM REIS FINDE ICH AUCH LECKER!
UND FRITTIERTES HÄHNCHEN...
HE! HE!
KATO...
WAS ISST DU GERN?
ICH FRIERE.
SAG SCHON?
MIR IST KALT!
WARUM WILLST DU IM WINTER UNBEDINGT DRAUSSEN MITTAG ESSEN?!
SCHAU DICH DOCH MAL UM! KEIN IDIOT ISST DRAUSSEN!
BIST DU DUMM, ODER WAS?

DAS DACH DER SCHULE...
... IST EIN MYSTERIÖSER ORT. NUR DIE OBERSCHICHT UND SCHÜLER-RATSMITGLIEDER HABEN EINEN SCHLÜSSEL DAFÜR.
JEDER SCHÜLER HAT SCHON MAL DAVON GETRÄUMT, DIESEN ORT ZU BETRETEN.
ZIEH
DAS WAR DIE ABSICHT DAHINTER...
UND ICH HABE GEHÖRT, DASS DU DEN SCHLÜSSEL HAST.
ICH ENTSCHULDIGE MICH FÜR MEINEN ÜBERMUT...
OWADA!
KA...
KATO ...
MIR IST KALT.
BLEIB GEFÄLLIGST HIER BEI MIR!
AH...
UH...

JA! ♡
ICH BIN SO GLÜCKLICH...
JA! ♡
ICH MACH EIN NICKERCHEN.
ES WAR EINMAL EIN JUNGE NAMENS OWADA.
IN EINEM ROLLENSPIEL WÄRE ER SO ETWAS WIE DER DORFBEWOHNER A.
HALLO, REISENDE!
GEBT ACHT, WENN IHR IN DIE SÜDLICHE HÖHLE GEHT.
MEHR VERRÄT ER NICHT.
ER GEHÖRT ZUM FUSSVOLK.
ABER DANN VERLIEBTE ER SICH IN EINE DER HAUPTFIGUREN DER GESCHICHTE, EINEN GEWISSEN KATO.
WAS WILLST DU?
WER BIST DU?
ER TROTZTE VIELEN GEFAHREN UND SCHRECKLICHEN MONSTERN...
KANNST DU MICH TRAGEN?
NUR IN MEINER FANTASIE!
... UND EROBERTE SCHLIESSLICH KATOS HERZ.
VIELLEICHT...
... BIN ICH EIN HELD!
DER HELD IST TOT!
HEY, ER IST TOT.

AH!
KATO, DU BIST WIEDER WACH?
JA.
DER HELD IST TOT, MACHT DIR DAS NICHTS AUS?
SCHON EIN BISSCHEN...
ICH WOLLTE IHN AUF-LEVELN.
AUF... WAS?
DU LIEBST VIDEOSPIELE WIRKLICH...
GÄHN
... OWADA.
ドキッ
BDUMM
A...
ABER DICH...
ズイ
SST
... LIEBE ICH NOCH MEHR.
GUT.
HÄ?
ICH GEHE WIEDER RUNTER.
KOMM NACH, WENN DU SOWEIT BIST.
AH...

KLACK
KATO...
AH, NEIN ...
UND WEG IST ER...
ICH WEISS, WORAN DAS LIEGT.
VOR EIN PAAR TAGEN...
SORRY...
... DASS ICH LETZTENS OHNE DICH NACH HAUSE GEGANGEN BIN.
OWADAS ZIMMER
HÄ...?
ACH, DU HATTEST DOCH WAS ZU ERLEDI-GEN!
HE! HE!
NICHT SO SCHLI ...
STREIF
!!

WILLST DU DICH NICHT AUSZIEHEN?
HÄ?
ODER...
SOLL ICH DICH AUSZIEHEN?
HÄ?
KA...
KATO...
BDUMM
KA...
ICH WEISS NICHT MEHR SO GENAU...
KATO!
KATO!
... WAS DANACH PASSIERT IST.
ER WAR RICHTIG ENG.
ICH KOMM NICHT ... REIN.
AUA!
UND ALS ICH WIEDER ZU MIR KAM...
TROPF
UH!
TROPF

TU...
TUT MIR LEID... ICH...
ICH BIN GEKOMMEN, BEVOR ICH ÜBERHAUPT IN DIR DRIN WAR...
ACH...
ZERBRICH DIR DARÜBER NICHT DEN KOPF.
!
ES WAR WOHL...
... NOCH ZU FRÜH FÜR UNS.
KA ...!
KATO ...!
DAVON GEHT DIE WELT NICHT UNTER.
HÄ...?
AUF UNBESTIMMTE ZEIT VERSCHOBEN
HÄ?!
ZIEH DIR WAS AN.
DA ICH VERSAGT HABE...
... HABE ICH KEIN RECHT AUF WIDERSPRUCH.
WAS DENN?
AH...
NICHTS.
ICH STERBE ...!

...
はっ
STARR
NEIN!
ICH HAB MIR GESCHWOREN, ICH WERDE STARK!
ES IST WINTER.
ES GIBT HAUFEN-WEISE EVENTS, BEI DENEN MAN FLIRTEN KANN.
ICH MÖCHTE DER PERSON, DIE ICH LIEBE, EIN WEIHNACHTS-GESCHENK KAUFEN!
'NE ECHTE SCHÖNHEIT!
HE! HE!
GENERVT
ICH HABE ANGEFAN-GEN ZU JOBBEN.
UMZUG
VIELLEICHT FRAGT ER MICH HEUTE NACH-MITTAG, OB ICH LUST AUF EIN DATE HABE.
AH...
WAS DENN, KATO?
YUICHI!
HAST DU HEUTE NACHMITTAG WAS VOR?

SLTSCH
OH!
PATT
AH, ICH MUSS ARBEITEN.
UND MORGEN?
MORGEN AUCH.
ÜBERMORGEN UND ÜBERÜBERMORGEN AUCH.
EIGENTLICH IMMER...
SORRY...
... DASS ICH AUF GELD MEHR WERT LEGE ALS AUF MEINEN ALTEN KUMPEL.
RASTE NICHT GLEICH AUS, NUR WEIL ES MAL NICHT SO LÄUFT WIE DU MÖCHTEST.
DU BIST KINDISCH.
...
DAS NÄCHSTE WICHTIGE EVENT IST...
... WEIHNACHTEN!

WOHIN GEHE ICH MIT KATO...?
KRAH
KRAH
DOOOOM
MURMEL
ざわ...
IST ER TOT?
MECKER NICHT.
WIEDER BÜCHER?!
GELD VERDIENEN...
... IST NICHT LEICHT.
HANDTÜCHER
KLAMOTTEN
BÜCHER
BÜCHER
HARTER JOB
HEY...
WAS MACHST DU DENN HIER?
K...
KATO!
ICH HABE JETZT FEIERABEND.
ICH HAB NICHT HEIMLICH AUF DICH GEWARTET...!
AHA.
HÄ?
WAS IST DAS?

*IN JAPAN IST HEILIGABEND EIN BELIEBTER TAG FÜR DATES.

ICH FREUE MICH SCHON DRAUF.
KRACK
TRÄUM
...
G...
HUST
GNAG
GNAG
SCHLUCK
GUT, VERSPRO-CHEN!
NACH-HER...
... SCHI-CKE ICH DIR EINE SMS!
...
WAS...
... MACHE ICH JETZT ...?
HAH
JUCHUUU!

EIN DATE...
ICH HAB HEI-LIGABEND EIN DATE!
BDUMM
BDUMM
DIE TICKETS HAB ICH.
UND DAS GE-SCHENK AUCH.
GUT!
HOF-FENTLICH GEFÄLLT ES IHM...
ICH LIEBE DICH.
KÜSS
HE! HE! HI! HI!
OWADA.
WAR-TEST DU SCHON LANGE?
AH!
JA, ABER KEIN PRO-BLEM!
SCHRECK
?
OWADA...

SO...
WO FANGEN WIR AN?
AH...
RECHTS ...
... ODER LINKS?
ICH LIEBE KATO...
JA ...
JA ...
... IN SEINER FREIZEIT-KLEIDUNG!
MIT OFFENEN HAAREN SIEHT ER ECHT HÜBSCH AUS.
ER TRÄGT 'NE KUSCHELIGE JACKE ...
HAAH...
... UND HAT SCHÖNE KNÖCHEL.
IN DER FUNKELNDEN WEIHNACHTS-DEKO...
OWADA...
OWADA!
TRÄUM
ポワー
... GLÄNZT ER NOCH MEHR ALS SONST...!
AH!
WAS DENN?
はっ
SCHOCK
ÄHM...
ENT-SCHULDI-GUNG...

BIST DU AL-LEIN?
WENN DU LUST HAST, KÖNNTEN WIR ZUSAMMEN...
HÄÄ?!
WAS SOLL DAS?!
SEHEN DIE MICH NICHT?!
HE...
HEY, IHR BEI-DE...
AH!
HM...? IRGENDWIE...
... STAR-REN UNS ALLE AN?
MIST, WIR SIND ZU SPÄT!
ER IST MIT SEINER FREUNDIN VERABRE-DET.
ABER ICH BIN IN BE-GLEITUNG.
VERWIRRT オロ...
...
VERSTECK
WILL SICH VERSTE-CKEN.
TUT MIR LEID...

WO KOMMT DER PLÖTZLICH HER?
AH...
KATO ...
DER IST MIR GAR NICHT AUFGEFALLEN.
WARUM VERSTECKST DU DICH?
MACH RUHIG DEN MUND AUF.
ÄHM...
...
ABER ...
NA JA...
SO EIN HÜBSCHER TYP WIE DU...
... HAT 'NE BESSERE BEGLEITUNG VERDIENT.
HÖR AUF, DICH SELBST SCHLECHT ZU MACHEN!
JA...
JAWOHL!
ER HAT RECHT.
ICH HAB VERSPROCHEN, NICHT MEHR UNTERWÜRFIG ZU SEIN.
GUT!

DURCH DEN UMZUGSJOB HAB ICH RICHTIG MUSKELN BEKOMMEN.
ICH CHECKE AUCH REGELMÄSSIG INSTAGRAM.
VERGLICHEN MIT FRÜHER PASSE ICH JETZT BESSER ZU IHM.
GLAUB ICH.
VERTRAU DIR SELBST!
ERGREIF DIE INITIATIVE...
HAST DU DIR SCHON DIE REIHENFOLGE ÜBERLEGT?
ÄH...
GUT, DANN HOL UNS ERSTMAL 'NEN FASTPASS.
JAWOHL!
KATO GIBT DIE ANWEISUNGEN.
... UND BEGLEITE IHN!
UWAAH
HACH!
DAS MACHT RICHTIG SPASS! ICH WAR SCHON LANGE NICHT MEHR IN 'NEM FREIZEITPARK!

ODER...?
KATO!
POFF
...
HÄ?
OHREN?
DIE HAB ICH DORT GEHOLT.
AH... VER-STEHE.
SCHENK ICH DIR.
EIN KLEINES DANKE-SCHÖN FÜRS TICKET.
DANKE.
IRGEND-WIE...
... WIRKT ER HEUTE FRÖHLICHER ALS SONST.
ES WIRD BEREITS DUNKEL.
WOLLEN WIR VOR DER PARADE NOCH IRGENDWAS FAHREN?
GEHST DU GERN...
... IN FREIZEIT-PARKS?
HÄ?
...
JA, SCHON ...

NA JA...
DIE MEISTEN MÖGEN FREIZEIT-PARKS...
... ODER NICHT?
JA, DEN HIER LIEBE ICH TOTAL!
SIEHST DU?
LÄCHEL
DRÜCK
LASS UNS GEHEN.
JA...
ICH BIN GLÜCK-LICH.
UND ICH BIN STOLZ DARAUF, DASS ICH MIT SO EINEM HÜBSCHEN JUNGEN...
WOHIN FÜHRT DIESE SCHLAN-GE?
ZUM RIE-SENRAD, ODER?
LASS UNS FAHREN!
... ZUSAMMEN SEIN DARF.
AUCH WENN ICH NOCH KEI-NEN SEX MIT IHM HATTE.

JEDEN TAG GIBT'S EINE ÜBERRA-SCHUNG.
ズッ
STOLPER
UWAAH!
DO-BAMM
PLOPP
ポコッ
ERRÖT
カ~
KICHER
クスクス
SEIN SCHUH!
WIE UNGE-SCHICKT UND PEIN-LICH...
JEDEN TAG...
... VERLIEBE ICH MICH...
HIER, DEIN SCHUH.
... ETWAS MEHR IN IHN.
DA...
DANKE...
ICH WÜN-SCHE MIR...
... DASS WIR IMMER SO GLÜCKLICH SIND WIE JETZT.
WOW, WUNDER-SCHÖN!

HM?
KATO…
…
ICH HÄTTE … … NICHT GEDACHT…
… DASS DU FREIZEITPARKS SO LIEBST.
…
DAS IST WOHL DER EINFLUSS … … MEINES VATERS.
VON DEINEM PAPA?
ER WAR SILBERSCHMIED …
… UND HAT SICH GERNE SOLCHE DEKOS ANGESEHEN.
DAHER SIND WIR FRÜHER OFT IN DEN FREIZEITPARK GEGANGEN.
AHA!

SORRY!
ICH WOLLTE NICHT IN DEINE PRIVATSPHÄRE EINDRINGEN!
DU MUSST ES NICHT ERZÄHLEN!
SCHON GUT.
DAS IST NICHTS BESONDERES.
AH...
HM?
ABER JETZT NICHT MEHR?
JA, ICH HABE IHN SCHON LANGE NICHT MEHR GESEHEN.
?
AH!
JA...?
ABER WIE GING ES...
EHRLICH GESAGT ...
... WEISS ICH AUCH NICHT, WARUM ER VERSCHWUNDEN IST.
AHA...
VOR VIER ODER FÜNF JAHREN...
... WOLLTE ICH HIER SILVESTER FEIERN, WEIL ES HIER SO EIN TOLLES FEUERWERK GIBT.
ICH WAR AN DEM ABEND MIT MEINEM VATER VOR DEM PARK VERABREDET.
ER WOLLTE NACH DER ARBEIT DIREKT HIERHERKOMMEN.
ICH HAB STUNDENLANG AM EINGANG GEWARTET ...
... ABER ER IST NICHT AUFGETAUCHT.
HÄÄ?!

HA...
HATTE ER EINEN UNFALL ODER SO WAS?
WEISS NICHT.
IRGENDWANN KAM MEINE MUTTER UND SAGTE, ER SEI TOT.
ABER ES GAB NIE EINE BEERDIGUNG.
BIN ICH JETZT IN EINEM KRIMI ODER WAS?
ゴクリ…
SCHLUCK
ABER...
!
MEINE ELTERN HABEN STÄNDIG GESTRITTEN.
VIELLEICHT HABEN SIE SICH SCHEIDEN LASSEN UND ER LEBT WOANDERS.
NA...
NA, DANN...
ABER...
... WENN ER NOCH LEBT UND MICH VERGESSEN HAT...
... WÄRE ES MIR LIEBER, WENN ES WIRKLICH TOT IST.

KA...
KATO...
MEIN VATER SETZTE OFT KLAMMERN IN SEINEN MAILS.
NEULICH HAB ICH PER MAIL EINE SCHMUCKBESTELLUNG ERHALTEN, DIE FAST SO AUSSIEHT ALS KÄME SIE VON MEINEM VATER.
ENGE: EIN STÜCK
[ANMERKUNG]
SIE DIE WARE INNERHALB ...
TAGEN ABSCHICKEN?
(DAS WÄRE TOLL!) MELDEN SIE SICH BEI
MIR, FALLS SIE LÄNGER BRAUCHEN?
(SIE KÖNNEN MICH ANRUFEN.) VIELEN
NK (IM VORAUS)!
AH...
ÜBRIGENS...
MAILS MIT VIELEN KLAMMERN SIND VIELLEICHT GAR NICHT SELTEN...
ABER ES WÄRE DOCH WITZIG...
... WENN DER ABSENDER WIRKLICH MEIN VATER WÄRE!

KATO...
LASS UNS AN SILVESTER...
... WIEDER HIERHERKOMMEN.
WIR TREFFEN UNS AM EINGANG...
... UND SCHAUEN UNS ZUSAMMEN DAS FEUERWERK AN!
...
JA...
DANKE ...
SCHLUCK
ゴク
...

KA...
KATO...
!
HEPP
BITTE...
NUR EIN BISS-CHEN.
OWA ...
OH, MANN...
MMH!
MMH...
NGH ...
RATTER
HAH
はぁ
AH...
UH...
ICH KANN NICHT AUF-HÖREN.

KLACK
WILLKOMMEN ZURÜCK!
FWUPP
VORSICHT, STUFE!
HÄ?!
AH!
KATO!
WA...
WARTE, KATO!
ÄHM...
TUT MIR LEID...
HAH
HAH
ICH...
... KONNTE NICHT AUFHÖ-REN.
SCHON OKAY.
UH...!

SPÄH
キョロ
SCHON WIEDER!
ICH KANN SEINE GEFÜHLE NICHT ERRATEN.
ÄHM...
AH!
OH, JA!
SICHERN WIR UNS EINEN PLATZ FÜR DIE PARADE!
DU SAGST STÄNDIG...
... DASS DU MICH LIEBST.
ABER WAS GEFÄLLT DIR EIGENTLICH AN MIR?
HÄ?!
W...
SEIN NACKEN
煩悩
PURE BEGIERDE
SCHÖNE KNÖCHEL
WAS MIR AN DIR...?
ALSO ...
...
SCHON GUT.
MOMENT!
LASS MIR DOCH ETWAS ZEIT!
ICH BIN NUR VERWIRRT...!

ICH BEANTWORTE DIE FRAGE, WENN ICH WIEDER 'NEN KLAREN KOPF HABE!
HÖR ZU, KATO!
!
SORRY, ICH HAB WAS DRINGENDES ZU ERLEDIGEN!
ICH MUSS NACH HAUSE!
HÄ?
TATAPP
HÄÄ?!
SCHWITZ
SCHWITZ
UND DIE PARADE...?
...
AH!
WAR DAS 'NE MAIL VON DEM KERL, DER SEIN VATER SEIN KÖNNTE...?
KA...
KATO...!
TATAPP
KLINGELING
KLACK

HEY...
DAS GING ABER SCHNELL.
KATO...
HAH
HAH
DU JOBBST ZU VIEL.
DESHALB HAB ICH HEUTE FRÜHER FEIER-ABEND.
AN HEILIG-ABEND.
HAH
HAH
...
HAH...
KOMM EINFACH REIN.
KLACK
...
HÄ?

JETZT BERUHIG DICH ERST MAL.
DU MUSST DIR GAR KEINE SORGEN MACHEN.
ALLES BESTENS!
SIE SIND NUR SANDKASTENFREUNDE.
POFF
KATO KOMMT SICHER GLEICH WIEDER RAUS.
MIMASAKAS ZIMMER
30 MINUTEN SPÄTER
...
EINE STUNDE SPÄTER
...
FSST
ぱっ
!
GUT!
JETZT KOMMT ER RAUS!
ZWEI STUNDEN SPÄTER...
OWADA
HP: 0
MP: 0
ER KOMMT NICHT RAUS...
?
OWADA IST TOT.

UNS TRENNEN WELTEN
#4
ZWEITER TEIL

AN HEILIG-ABEND...
NACHDEM SIE DAS ZIMMER-LICHT GELÖSCHT HATTEN, HABE ICH WEITER AUF KATO GEWAR-TET...
HAH はあーっ
ABER...
... ER KAM NICHT RAUS... AUCH NICHT ALS ES DRAUS-SEN WIEDER HELL WURDE.
とぼ TAPP
とぼ TAPP
チュン CHIRP
チュン CHIRP
DIE WEIHNACHTS-FERIEN HABEN BEGONNEN.
SEIT JENEM ABEND HABE ICH IHN NICHT MEHR GETROFFEN.
KOTARO!
KOTARO!

カラッ
KLACK
PAPA WILL DEINEN WXXDER-CORE MAL AUSPROBIEREN.
DU ZOCKST JA SCHON WIEDER.
JA... OKAY...
DU HAST GESAGT, ER DARF IHN NICHT ANFASSEN. IST ES WIRKLICH OKAY?
JA... OKAY...
GUT, PAPA BENUTZT IHN EH SCHON!
AHA, HA, HA.
WAS HABEN SIE...
... AN DEM ABEND GEMACHT?
OWADA-MEETING
WAS IST SO SCHLIMM DARAN, WENN ER BEI SEINEM SANDKASTENFREUND ÜBERNACHTET?
AH...!
DAZU FÄLLT MIR AUCH NICHTS EIN.
ABER WARUM HAT ER UNSER DATE ABGEBROCHEN?
HMM...
HMM...
AH!
OWADA IST TOT.
NEIN!
HÖR AUF, DIR DEN KOPF ZU ZERBRECHEN.
ICH GEHE KURZ RAUS!
TATAPP
OKAY.
BIS NACHHER!
ICH BIN DORFBEWOHNER A, DER ALS HELD WIEDERGEBOREN WURDE! (GLAUB ICH ZUMINDEST.)

WENN ICH KEINE ANT-WORT FINDE, MUSS ICH IHN DIREKT FRAGEN!
WARUM LUN-GERST DU VOR MEINEM HAUS RUM?
UND?
AH...
TUT MIR LEID...
オド ZITTER
ZITTER オド
HÄ?
E...
EIGENTLICH WOLLTE ICH KATO ZUHAUSE BESU-CHEN...
DANN HAST DU IHN NICHT BIS VOR SEI-NE HAUSTÜR VERFOLGT?
SCHRECK
... ABER ICH WEISS NICHT, WO ER WOHNT.
WO...
WOVON REDEST DU?!
ICH HAB GESEHEN, DASS DU LETZTENS DIE GANZE NACHT DRAUSSEN GESTANDEN HAST.
UND DU WEISST, WO ICH WOHNE.
ARGH ...!

W...
WAS HABT IHR...
... AN DEM ABEND GEMACHT?
WAS GLAUBST DU DENN?
ÄH...
ÜBER DIE MÖGLICHE BESTELLUNG VON SEINEM VATER GEREDET...
... VIELLEICHT?
ACH, DIE IST VON JEMAND ANDERS.
ICH HAB DIE LIEFERADRESSE GESEHEN, KATOS VATER WOHNT WOANDERS.
!
WOHER WEISST DU DAS?!
WEIL ICH AB UND ZU MAILS VON SEINEM VATER BEKOMME.
HÄ?!
AH!
DANN KANNST DU KATO SAGEN, WO SEIN VATER WOHNT.
DU IDIOT, NATÜRLICH NICHT.
JUNGFRAU!
ABSCHAUM!

DAS KANN ICH NICHT, WEIL SEIN VATER VORBESTRAFT IST...
...
ICH BIN JUNGFRAU. NA UND?
KLACK
V... VORBESTRAFT ...?
PUH
AN DEM SILVESTERABEND, AN DEM SEIN VATER VERSCHWUNDEN IST...
... WOLLTE ICH MIR AUCH DAS FEUERWERK IM FREIZEITPARK ANSEHEN.
KATO UND ICH WAREN ZUFÄLLIG IM GLEICHEN ZUG...
ICH...
ICH HAB GESEHEN...
...WIE IHM SEIN VATER AN DEN PO GEFASST HAT.
D...

DU LÜGST ...
AH! HA! HA!
WAS GIBT'S DA ZU LACHEN?!
WAS HAT DAS DAMIT ZU TUN?!
DÄMLICHE JUNG-FRAU.
ICH HAB KATOS VATER AUF DEM BAHNSTEIG FEST-GEHALTEN UND SEINE MUTTER INFORMIERT, WAS ER GETAN HAT.
SEIN VATER MUSSTE IHR VERSPRECHEN, DASS ER SEI-NEN SOHN NIE WIEDERSIEHT.
SIE MEINTE, ES GAB SCHON FRÜHER GEWISSE ANZEI-CHEN...
SEIN VATER ERKUNDIGT SICH REGEL-MÄSSIG BEI MIR, WIE'S KATO GEHT.
DER TYP IST WIRKLICH KRANK.
WEISS KATO ...
... IR-GENDWAS DAVON?
NATÜRLICH NICHT.
...
KATO GLAUBT IMMER NOCH, ER WÄRE EIN GUTER VATER...
HAH HAH
... UND BASTELT SCHMUCK WIE SEIN ALTER HERR.
NAIVER TYP.

SO NAIV...
... DASS ICH IHN NICHT RET-TEN KANN.
AH...
HM...?
ICH HAB DAS GE-FÜHL...
ÄHM...
VIEL-LEICHT...
JA?
DAS IST NUR 'NE VERMUTUNG, ABER...
BIST DU...
... IN KATO VERLIEBT?
AH, NEIN! ICH DENKE ZU VIEL NACH!
DENN SONST HABEN SIE WIRKLICH AN HEILIGABEND...
HNF...

WAS WÜRDEST DU MACHEN, WENN ICH'S WÄR'?
AH...!
ICH GEHE NACH HAU...
WARTE MAL.
?!
RASCHEL
ガサ
NIMM DAS MIT.
DAS HAT ER VERGES-SEN.

WENN MIMASAKA KATO LIEBT...
... SIND SIE KEINE NORMALEN SANDKASTENFREUNDE MEHR.
HAH
HAH
WARUM HAT KATO UNSER DATE BEENDET UND IST ZU IHM GEGANGEN?
UND WAS HABEN SIE DIE GANZE NACHT GEMACHT?
ICH WAR DOCH BEI MIMASAKA, UM IHN GENAU DAS ZU FRAGEN!
EY!
OH, MANN ...
HAAH...
WAS MACHE ICH DAMIT...?
...
ICH WEISS NICHT, WO KATO WOHNT.
KATO...

„DAS IST WOHL DER EINFLUSS..."
„... MEINES VATERS."
ER LEBT IN EINER VÖLLIG ANDEREN WELT.
HAST DU LUST AUF EDAMAME? KOTARO!
NORMALE FAMILIE
NORMALE FREUNDE
RASCHEL
カチャ
DER VATER, DEN ER RESPEKTIERTE...
... IST SCHULD AN SEINEM TRAUMA.
WAS WOLLTE MIMASAKA IHM GEBEN?
D...
DARF ICH KURZ REINSCHAUEN?
ガサ
RASCHEL
HEY, OWADA...
100 PROZENT SILIKON

WAS MACHST DU DENN HIER?
ドキー!!
BDUMM
!!
ばっ
VERSTECK
U...
UND DU?!
ICH?
DU HAST EINEN HUND?
WIE GELASSEN...
ES SCHEINT IHM GUT ZU GEHEN.
WUFF
WUFF
JA.
NEIN...
ICH GEHE GASSI ...
... MIT MEINEM HUND.
HAH
HAH
HAH
HAH
ICH MUSS IHN FRAGEN!
ÄHM...
ICH...
... WOLLTE DICH WAS FRAGEN.

Was hast du dort ge-macht...?
...?
Heilig-abend...
... hast du unser Date abeen-det und bist zu Mimasaka gegangen.
Bevor ich ant-wor-te...
Woher weisst du davon?
SCHRECK
D-das ist nicht so wichtig.
Hast du mich ver-folgt?
Bist du ein Stalker, oder was?
D...
DRÜCK
Daran ...
... bist du selbst schuld, findest du nicht...?
HUFF
HUFF
Hä?

SAG MIR, WAS IHR GEMACHT HABT.
WENN DU KEIN SCHLECHTES GEWISSEN HAST, KANNST DU'S DOCH ERZÄHLEN...
BITTE SAG...
ICH WERDE DANN SO TUN...
... ALS HÄTTE ICH KEINEN SCHIMMER, WAS IN DIESER TÜTE DRIN IST.
... DASS IHR NICHTS GEMACHT HABT.
...
ICH KANN MACHEN, WAS ICH WILL.
HÄ...?
UND ICH WILL'S DIR NICHT ERZÄHLEN.

ICH WERDE SO TUN, ALS HÄTTE ICH...
... GAR NICHTS MITBEKOMMEN.
OKAY.
AH...
DAS IST VON MIMASAKA...
カサ
RASCHEL
!
HAST DU REINGEGUCKT...?
O...
OWADA!
タッ
TATAPP
タッ
TATAPP
はぁ
HAH
タッ
TATAPP
はぁ
HAH
NEIN...
はぁ
HAH
はぁ
HAH
DAS GLAUB ICH NICHT.
VOR EIN PAAR TAGEN...
... WAREN WIR NOCH SO GLÜCKLICH.

HEY, OWADA! NICHT EINSCHLAFEN!
BATSCH
!!
WARUM SO TRÜBSELIG?
DER JOB SCHLAUCHT...
...
LUFT!!!
HAT DIR DEINE KLEINE 'NEN KORB GEGEBEN?
AH! HA! HA!
STILL
HAH...
HUST
JA, SO SIEHT'S AUS.
AHA, HA, HA! OWADA, IST DAS WAHR?!
LABER
LASS DICH NICHT HÄNGEN!
FRAUEN GIBT'S GENUG!
ODER?!
HA! HA! HA!
AH! HA! HA!
HAH ...
GUT!
DEN NACHMITTAG HALTEN WIR NOCH DURCH!
PACKT-ZUSAMMEN!
SCHADENFREUDE
DAS IST DIE REALITÄT.
WENN ICH AUFWACHE...
... BIN ICH WIEDER DORFBEWOHNER A.
DIE STORY GEHT OHNE MICH WEITER.

WÄHREND ER ABENTEUER BESTEHT, BESTELLE ICH EIN FELD.
OWADA, DU BIST SPÄT!
TUT MIR LEID!
UMZUG
ICH ERINNERE MICH AN MEINEN GLÜCKLICHEN TRAUM...
... UND LEBE MEINEN LANGWEILIGEN ALLTAG.
JETZT GIBT'S KEINEN GRUND MEHR...
... GELD ZU VERDIENEN.
IN WENIGEN STUNDEN BEGRÜSSEN WIR DAS NEUE JAHR!
DAS SILVESTERKONZERT...
WIR SIND DIE
KOTARO!
WIR GEHEN DEN TEMPEL BESUCHEN.
MÖCHTEST DU WIRKLICH NICHT MITKOMMEN?
WIR KOMMEN ERST MORGEN ZURÜCK.
NEE ...
ICH HAB NICHTS GEKOCHT. ISS IRGENDWAS AUS DEM KÜHLSCHRANK!
ES SIEHT NACH REGEN AUS.
ガラ ガラ
KLACK KLACK
...
JA...
ピッ
PIEP

WIR BERICHTEN AUS DEM XY-PARK!
ES HAT ANGEFANGEN ZU REGNEN...
OH...
ES REGNET...
GIBT'S DIESES JAHR KEIN FEUERWERK...?
„WIR TREFFEN UNS AM EINGANG..."
„... UND SCHAUEN UNS ZUSAMMEN DAS FEUERWERK AN!"
ABER ...
... DAS IST ALLES SCHNEE VON GESTERN.
KATO ...
WAS MACHST DU GERADE...?
ICH HOFFE...
... DU BIST NICHT MIT MIMASAKA ZUSAMMEN.
KULLER
KULLER
...
HEUL
SCHLUCHZ
UUH ...
ICH GEH MAL ESSEN HOLEN...
ES IST TRAURIG, GANZ ALLEIN HIER RUMZUHÄNGEN.
AM BAHNHOF TREFFE ICH BESTIMMT JEMANDEN, DEN ICH KENNE...
FSHAAA
HM?

DU BIST...
OH, NEE!!
MIMASA ...
ACH...
NUR IRGENDEIN KERL.
HEY, MOMENT MAL!
WAS DENN?
DU KENNST MICH DOCH!
ICH BIN OWADA! NEULICH HABEN WIR ZIEMLICH LANGE GEREDET!
KANN SEIN, ABER DER NAME SAGT MIR NICHTS.
ALSO, WAS WILLST DU VON MIR?
AH...
WEISST DU, WAS KATO HEUTE TREIBT...?
SO DIREKT KANN ICH IHN DAS NICHT FRA-GEN...
W...
WOHIN GEHST DU?
DAS GEHT DICH GAR NICHTS AN.
UGH...

ERST NIMMT ER MIR KATO WEG UND DANN BLÄST ER SICH SO AUF...
JA, DU HAST RECHT...
ICH GEHE ZU 'NEM COUNT-DOWN-EVENT.
ABER KATO WIRD NICHT DA SEIN.
HÄ?!
„VERSPROCHEN...!"
DANN...
ER HAT 'NE VERABREDUNG.
VORHIN IST ER LOSGEFAHREN.
NEIN...
DAS GLAUBE ICH NICHT.
UND...?
WAS FÜHRT DICH HIERHER...
... OWADA?
HÄ...?

BIST DU NICHT MIT IHM VERABREDET?
FSHAAA
WENN ER DRAUSSEN IST, IST ER SICHER KLATSCHNASS ...
ER HASST REGENSCHIRME.
JA, ABER...
ER HAT MIR NEULICH 'NEN KORB GEGEBEN.
WIESO HASST ER REGENSCHIRME?
AUSSERDEM...
... SEID IHR DOCH ZUSAMMEN, ODER?!
ER HAT SICH FÜR DICH ENTSCHIEDEN UND DU BIST AUCH IN IHN VERLIEBT ...
IHR HABT WOHL SCHON MITEINANDER GESCHLAFEN...
HÄ?
ICH SOLL IN KATO VERLIEBT SEIN?
WAS REDEST DU DA?
D...
GRML
DAS WEISST DU GANZ GENAU!
LETZTENS MEINTEST DU NOCH...
„WAS WÜRDEST DU MACHEN, WENN ICH'S WÄR'?"
...?
DENK NICHT, ALLE ANDEREN SIND AUCH SCHWUL!
DAS SAGT DOCH EINIGES ...
ACH SO, MEINST DU...?

WENN DIE MÖGLICHKEIT BESTEHT, DASS ER AUF DICH WARTET...
... DANN GEH ZU IHM!
ES IST 'NE FRECHHEIT, DASS SO EIN TYP WIE DU IHN WARTEN LÄSST.
...
FSHAAA
NACH DEM SPIELZEUG FRAGST DU IHN AM BESTEN SELBST.
D...
DU BIST EIGENTLICH...
... EIN NETTER TYP, WAS?
DANKE
GENERVT
REICHT DIR DAS?
TATAPP
HI...
HIAAH!
FWOCK

PLATSCH
PLATSCH
STOLPER
UPS!
PLATSCH
PLATSCH
...
ACH, KATO... WENN DU AUF MÄNNER STEHST, BIN ICH DOCH VIEL...
DÄMLICHER KERL...
HEY, KOHASHI! SIND SCHON ALLE DA?
WIE SIND DIE MÄDELS?
RATTER
FSHAAA
TOCK
TOCK
RATTER
RATTER
TOCK
ES IST NICHT SCHLIMM...
RATTER
TOCK

... SELBST WENN ER MIT 'NEM ANDEREN VERABREDET IST.
TOCK
DAMIT KANN ICH LEBEN.
TOCK
TOCK
RATTER
RATTER
ABER...
ICH HABE DAS GEFÜHL...
FSHAAA
HUST
OH!
„ICH HAB STUNDENLANG AM EINGANG GEWARTET, ABER ER IST NICHT AUFGETAUCHT."
... DASS ER...
FAHR SCHNELLER!
BITTE ...!
... AUF MICH WARTET.
KATO!

HAH
はぁ
KA...
KATO...
DU HAST WIRKLICH KEINEN SCHIRM.
HAH
ハァ
ハァ
HAH
ICH...
HAH
はぁ
OWADA...
DAS FEUER-WERK...
... FÄLLT HEUTE AUS.
...!

TU...
PLATSCH
TUT MIR LEID, DASS ICH SO SPÄT KOMME!
FSHAAA
SCHON GUT.
FSHAAA
KLACK

HAH はあ
DANKE ...
... DASS ICH BADEN DURFTE.
BDUMM
AH...
HAST DU DICH AUFGE-WÄRMT?
D-DANN SETZ DICH BITTE.
SORRY, DASS ICH KEINE ANDEREN WECHSELKLA-MOTTEN HAB.
KLACK
SCHON GUT.
KNARZ
...
EHRLICH GESAGT...
... BESCHÄF-TIGT MICH DIE SACHE VON HEILIGABEND IMMER NOCH.
ABER...
... ER HAT HEUTE AUF MICH GEWARTET.
VIELLEICHT SOLLTE ICH DIE SACHE EINFACH VERGESSEN.
STARR じー
OH!
OWADA...
FWUPP

ES HAT MICH GEFREUT ...
... DASS DU GEKOM-MEN BIST.
AH...
ABER ICH...
... HAB DICH WARTEN LASSEN.
NA JA, SCHON OKAY.
DU HAST GESEHEN, WAS IN DER TÜTE DRIN WAR, ODER?
SEX TOY
MÖCH-TEST DU NICHT WISSEN ...
... WAS ICH DAMIT VORHAT-TE?
SCHWITZ
ODER...
IST DIR DAS VÖLLIG EGAL?
E...

ES IST GEMEIN...
... DASS DU IMMER ANDEUTUNGEN MACHST UND DANN SCHWEIGST!
ABER NATÜRLICH...!
NATÜRLICH WILL ICH WISSEN...
... WAS DU AN DEM ABEND BEI MIMASAKA GEMACHT HAST UND WARUM ER DIR SO EIN ZEUG GEGEBEN HAT!
ABER DU WOLLTEST ES MIR NICHT ERZÄHLEN...
DAS HAT MICH WAHNSINNIG GEMACHT.
ES REICHT JETZT! SPIEL NICHT MIT MEINEN GEFÜHLEN!
HAH
HAH
FSHAAA
V...

VERZEI-HUNG...
ÄHM...
ICH HAB GEBRÜLLT.
ICH ENT-SCHULDI-GE MICH AUCH.
KATO...
ICH HAB SIE NOCH NICHT BENUTZT.
HÄ?
DAS ZEUG IST SPÄTER ANGEKOM-MEN...
AN HEILIGABEND HATTE YUICHI ES ALSO NOCH GAR NICHT.
WARTE...
WARTE MAL, KATO...
MICH BE-SCHÄFTIGT VIELMEHR, WARUM IHR SO WAS BESTELLT HABT...
WOFÜR ENT-SCHULDIGST DU DICH?!
DAS IST...

MIT 'NER FRAU...
WEIL ER ERFAHRUNG MIT ANALSEX HAT...
ALSO HAB ICH IHN GEFRAGT, OB ER MIR BEIM DEHNEN HELFEN KÖNNTE.
HÄ...?
ANA...
ICH HATTE ES ALLEIN VERSUCHT, DAS HAT ABER NICHT GEKLAPPT.
A...
ALLEIN ...?!
ICH WEISS, DASS DU ES WILLST ...
... ABER DEIN SCHWANZ IST ZU GROSS.
EIGENTLICH HATTE ICH DICH VERFÜHRT. UND JETZT...
ICH WOLLTE DICH NICHT SO LANGE ZAPPELN LASSEN.
YUICHI HAT MICH AUSGELACHT, WEIL ICH SO VERZWEIFELT WAR.
ICH WAR STINKSAUER UND HAB GLEICH GEPENNT.
ABER ...
ICH HATTE ANGST, DASS DU NICHT MEHR WARTEN WILLST...
... UND WOANDERS HINGEHST.

NA...
WOHIN DENN?
ZU IRGENDEINEM MÄDCHEN?
KIKUCHI, ZUM BEISPIEL.
HÄÄ?!
ICH HAB KAUM MIT IHR GEREDET.
KEINE SORGE, ICH BIN BEI MÄDELS TOTAL UNBELIEBT.
EIN PLÄTZCHEN ...
... FÜR DICH!
KIKUCHI
GERADE WEIL DU SO UNBELIEBT BIST, MACHE ICH MIR SORGEN!
ICH BIN UNBELIEBT...
KIKUCHI...
... SCHENKT NUR DEN JUNGS SÜSSIGKEITEN, DIE IHR GEFALLEN.
...

KATO...
JETZT KANN ICH ...
... DEINE FRAGE BEANTWORTEN.
DIE FRAGE, WARUM ICH DICH LIEBE.
HÄ...?
ICH FINDE ES SÜSS, WENN DU AN MEINEN ÄRMEL ZUPFST SO WIE JETZT ...
... UND WENN DU EIFERSÜCHTIG BIST.
AH!
PATT
Ne-202
ABER DU BIST SO COOL UND HÜBSCH, DESHALB DACHTE ICH, WIR LEBEN IN VERSCHIEDENEN WELTEN.
DABEI BIST DU GENAUSO VERLEGEN UND LACHST WIE DIE ANDEREN AUCH.
ICH FINDE ALLES SÜSS, WAS DU MACHST...
... UND JETZT, WO ICH DICH BESSER KENNE...
... HABE ICH NUR NOCH AUGEN FÜR DICH.

FSHAAA
ICH WAR NICHT SICHER ...
... OB DU HEUTE ZUM FREIZEITPARK KOMMST.
ABER IRGENDWIE HATTE ICH EIN GUTES GEFÜHL...
... UND DANN ...
... BIST DU WIRKLICH ERSCHIENEN.
NATÜRLICH.
HÄTTE ICH GEWUSST, DASS DU DA BIST, WÄRE ICH FRÜHER GEKOMMEN.
WEIL ICH DEIN FAN...
... UND STALKER BIN.

...
DAS WAR'S?
IRGEND-WAS FEHLT NOCH, ODER?
HÄ?
AH...
ÄHM...
WEIL ICH DEIN FREUND BIN.
RICH-TIG...?
JA...
KATO...

MMH...
ちゅ
KÜSS
KÜSS
ちゅっ
HFF...
UH...
SST
するっ

...!
TSCHK
もぞ
HFF...
NGH ...!
もぞ
TSCHK
はぁっ
HAH
...
ちゅう
KÜSS
AH...!
ちゅ
KÜSS
AH...
KÜSS
ちゅ
BEB
ぞわ
BEB
ぞわ
ZUCK
ぞわ
AAAH!
NEIN...
はっ
HAH
NICHT AM NACKEN...
はっ
HAH
はぁ
HAH
MMH...
...!

DOMP ドーン!
HEY, DU...
HAH はあ
はあ HAH
DAS IST...
... UNANSTÄNDIG.
SAG DOCH WAS.
DU BIST SO SÜSS...
HÄ?
KATO, DU BIST TOLL...!
HEY ...!
TSCHK クチ
TSCHK クチ...
HAH...
TSCHK クチュ
NGH ...

はあ HAH
はあ HAH
AH...!
ER IST SO SEXY...!
はあ HAH
KATO...
KÖNNEN WIR...
WARTE ...!
?!
WIE...
ES KÖNNTE WIEDER SCHIEF GEHEN...
... WEIL ICH NICHT GEÜBT HABE.
KA...
KATO...
DA ER NICHT ÜBER SEINE GEFÜHLE SPRICHT...
... WUSSTE ICH NICHT, WIE SEHR IHN DAS BESCHÄFTIGT.
KATO...!
OWA...
DU MUSST NICHT VORHER ÜBEN.

EGAL OB ES NUN SCHIEF GEHT...
... ODER OB ES DIESMAL KLAPPT...
... DU BIST DER KATO, DEN ICH LIEBE.
JA...
ER UND ICH SIND TOTAL UNTERSCHIEDLICH...
ABER ...
AUCH ER FÜHLT SICH MAL UNSICHER.
IN EINER KALTEN NACHT ZITTERT ER.
AH...!
はっ HAH
SO GROSS ...!
はっ HAH

...!
GNN
ARGH!
S...
SOLL ICH IHN RAUS-ZIEHEN?
HAH
HAH
N...
NEIN, ALLES GUT...
HAH
HAH
WIRK-LICH...?
ICH...
... WILL MICH BE-WEGEN.
HAH
ABER...
HAH
SCHLP
!
ZUCK
WA...
OWADA ...!
KATO ...
DARF ICH?
SCHLP
SCHLP
SCHLP
HAH
NGH...
AH!
ZUCK
ZUCK

AH...!
ERRÖT
はあ
HAH
UH...
はあ
HAH
ICH MÖCHTE MICH ETWAS BEWEGEN.
HÄ?
E...
ES GEHT IHM GUT...
ゴクッ
SCHLUCK
SCHO ...
... GENU...
WIR SIND JA BEIDE KERLE...
ABER GENAU DAS...
KATO ...
KATO ...!
HAH...
AH!
... GEFÄLLT MIR SO DARAN.
AH...!
UH...
AAAH ...!

ES SCHNEIT...
カラッ
KLACK
KATO...
MÖCHTEST DU EIN WASSER?
DANKE.
ゴッ
GLUCK
ゴッ
GLUCK
ICH HÄTTE NICHT GE-DACHT...
... DASS ICH MIT IHM SCHLAFEN WÜRDE.
WAS IST LOS?
AH...
ALLES OKAY?
WARUM?
...
FRIERST DU?
AH!
HAB DIE HEIZUNG VOLL AUF-GEDREHT.
ICH HAB WAS FÜR DICH!
WARTEST DU KURZ?
HÄ?
KOMMT SOFORT!

...?
ÄHM... JA.
EIN SCHAL...?
EIN VERSPÄTETES WEIHNACHTSGESCHENK.
NEULICH KONNTE ICH ES DIR NICHT GEBEN.
WI...
WIE FINDEST DU IHN?
WEIL DU IMMER FRIERST.
FÜR DIESEN SCHAL...
... HAB ICH MEIN KOMPLETTES GEHALT AUSGEGEBEN.
EIN PROFI-STYLIST HAT IHN MIR EMPFOHLEN.
DIE FARBE STEHT WIRKLICH JEDEM!
DAS IDEALE GESCHENK!
30.000 YEN*?!
3...
ICH BIN SICHER, DASS ER IHM GEFÄLLT.
SORRY...
*CIRCA 270 EURO
ICH TRAGE KEINE KAROS.
?!
動よう SCHOCK
AH!
ACH, JA...?
SORRY...
DANN TAUSCHEN WIR...
IDIOT!
HÄ?
SCHON GUT.
FLATTER

ぽすっ
POFF
MIT DEM SCHAL...
... KANNST DU MICH WÄRMEN.
KA...
KATO...!
OWADA, ICH LIEBE DICH.

...!
UGH...
WEINST DU ETWA...?
DIESES JAHR KONNTEN WIR KEIN FEUERWERK SEHEN...
DAS HOLEN WIR NÄCHSTES JAHR NACH.
UND WENN ES WIEDER NICHT KLAPPT, SCHAUEN WIR UNS...
... DAS FEUERWERK ÜBERNÄCHSTES JAHR AN.
ICH HOFFE, DASS ER FÜR DEN REST SEINES LEBENS...
... NICHTS ÜBER SEINEN VATER ERFÄHRT.
GONG

GONG
DIE GLOCKE LÄUTET DAS NEUE JAHR EIN.
GERÜHRT
HEY...
LUST AUF EINE ZWEITE RUNDE?
HÄ?!
DU WIRST WIEDER HART.
S-SORRY ...!
ICH...
... MÖCHTE
... AUCH NOCH MAL.
ABER FALLS ER IRGEND-WANN DIE WAHRHEIT HÖRT...
... WILL ICH FÜR IHN DA SEIN.
EGAL, WAS PASSIERT, ER WIRD IMMER AN ERSTER STELLE STEHEN.
GONG

KATO...
ICH BIN IMMER NOCH DORFBE-WOHNER A...
... DER KEINE BESONDERE FÄHIGKEIT HAT.
KÜSS
HNN...
KÜSS
HNN...
ABER ICH KANN BEI IHM SEIN.
UND WENN ER SICH EINSAM FÜHLT, HALTE ICH SEINE HAND...
SO EIN MANN MÖCHTE ICH SEIN.
KLACK
HALLO! WIR SIND WIEDER DA!
?!
PUH, BIN ICH KAPUTT!
WEIL ES SO STARK SCHNEIT, SIND WIR FRÜHER ZURÜCK-GEKOM-MEN.
KOTARO, BIST DU NOCH WACH?
TAPP
TAPP
HEY, WA...!
ZIEH DIR SCHNELL WAS AN!
DU HEISST KOTARO?
WUSSTEST DU DAS NICHT?!
PFF

UNS TRENNEN WELTEN

UNS TRENNEN WELTEN

KATO NIMMT AM TREFFEN DES GEMEINEN VOLKES TEIL
KLINGELING
ピンポーン
HEY, LEUTE!
WILLKOMMEN IN MEINEM BESCHEIDENEN ZUHAUSE!
KOMMT REIN!
HM?
WAS IST LOS?
...
KA...
KATO...?!
WORAUF WARTET IHR NOCH?

HEY, OWADA! WAS MACHT KATO HIER?!
TROTTEL!
WIRST DU ERPRESST? WAS HAST DU GETAN?!
ER IST MEIN GAST, SEID NETT ZU IHM!
WA...
WAS ERZÄHLT IHR DENN?!
DER WIRD UNS BESTIMMT NUR VERARSCHEN...
ICH BIN RAUS.
RICHTIG ÜBEL.
HE...
HEY, LEUTE!
WIR SPIELEN ZU ZWEIT!
ER GEHÖRT NICHT DAZU.
W...
REAGIEREN WIE OWADA IM KAPITEL EINS.
WIE KLEINKARIERT!
DAS GANZE KAM SO...
VOR EIN PAAR TAGEN ...
HÄ?!
JA. MIT ZEHN LEUTEN INKLUSIVE YUICHI.
KOMMST DU MIT?
HÄ...?
EINE GRILLPARTY?!
WARUM LÄDT ER MICH ZU EINER PARTY EIN, AUF DER ICH FEHL AM PLATZ BIN?
DAS WECKT...
... BÖSE ERINNERUNGEN.
OBWOHL ICH GEFRAGT HABE, WAS ER IN DEN FERIEN VORHAT...

KANN ER NICHT ZWI-SCHEN DEN ZEILEN LESEN...?
WAS DENN?
AHA...
WENN DU NICHT WILLST, SAG NEIN.
NEIN...!
AH!
NA, JA...
ALSO...
ICH HAB 'NE IDEE!
DANN KOMM DU DOCH ZU MEINEM TREF-FEN!
UND...
... JETZT ...
STILL
KATO HAT EXTRA SEINE GRILLPARTY ABGESAGT...!
DIE ZWEI SIND UN-MÖGLICH!
GLUCK

KATO TUT MIR SCHRECKLICH LEID!
...
ICH MUSS MICH UM IHN KÜMMERN ...!
HÄ?
REDEST DU MIT MIR?
WENN MAN DEN GEGNER DIREKT AN DER KLIPPE ANGREIFT ...
... KOMMT ER NICHT MEHR HOCH, STIMMT'S?
HÄ?!
DU SPIELST ... RICHTIG GUT.
KATO... HAST DU DAS SCHON MAL GESPIELT?
ECHT?!
DIE FRÜHEREN TEILE... ALS ICH GRUNDSCHÜLER WAR.
ÄHM... DANN ...
WOLLEN WIR SPIELEN?
... JA...
BIS OWADA KOMMT.
HEY, KATO...
... UND DIE ANDEREN!
WOLLT IHR WAS TRINKEN?
JAJA! LOS, ATTACKE!
DANKE, OWADA.
KATO, DU BIST ECHT GUT!
?!

HEY, WARUM UNTERHALTET IHR EUCH MIT KATO ÜBER GAMES?!
DU HAST UNS DARUM GEBETEN.
ÜBERS WETTER HÄTTE AUCH GEREICHT!
ICH BIN GLEICH DRAN.
WIESO?
DER IST EIGENT-LICH GANZ OKAY.
VERGISS DAS AM BESTEN GLEICH WIEDER!
DU BASTARD!
WAS IST LOS MIT DIR?
HEY, DAS TELEFON KLINGELT!
ÜBRI-GENS...
... ICH KRIEGE HERZ-RASEN, WENN ER NEBEN MIR SITZT.
PLATSCH
SCHRUBB
SCHRUBB
...
WAS MACHE ICH HIER ALLEI-NE...?
KOTARO, PUTZT DU DAS BAD?
FANG SOFORT AN, SONST VER-GISST DU'S!
SCHRUBB
SCHRUBB
UND KATO...
... WARUM BIST DU SO NETT ZU IHNEN?
STEHST DU AUF SOLCHE TYPEN?
GRML
...

PLATSCH
ぱしゃっ
ALS HÄTTE ICH NICHTS BESSERES ZU TUN!
KATO...!
SEIT WANN...
WAS MACHST DU HIER?
HÄ?
...
BAD PUT-ZEN...
AH...!
ピタ TAPP
ピタ TAPP
SIEHST DU DOCH.
PASS AUF, DER BODEN IST NOCH NASS...
BOING
!!
...
...
A...
ALLES OKAY?!
MEIN KOPF IST ZIEMLICH HART...
DOMP
... HE ...
EIGENTOR

ぱしゃん…
PLATSCH
HÄ...?!
KA...
KATO?!
... WAS DU HIER MACHST, STATT DICH UM MICH ZU KÜMMERN.
ICH WILL WISSEN...
HÄÄ?!
ピチャン
PLATSCH
NA...
NA JA...
...

DU HAST MIT MEINEN KUMPELS GEDADDELT UND DA...
!
DOMP
... WEIL DU MICH ZU DIR NACH HAUSE EINGELADEN HAST.
HEY!
ICH BIN NICHT HERGEKOMMEN, UM MIT DEINEN FREUNDEN ZU ZOCKEN.
HÄ?
WARUM DANN ...?
ICH BIN HIER...
KA...
KATO...
DA FÄLLT MIR EIN...
... ER HAT MICH SCHON EIN PAAR MAL ZU SEINEN PARTYS EINGELADEN...
... IST ABER NOCH NIE ZU EINEM MEINER TREFFEN GEKOMMEN.
KATO...

EIGENT-LICH...
... WOLLTE ICH MIT DIR...
... ALLEIN SEIN.
DESHALB HAB ICH GEFRAGT, WAS DU IN DEN FERIEN VORHAST.
TUT MIR LEID...
DAS HÄTTEST DU DOCH SAGEN KÖNNEN.
NÄ... NÄCHSTES MAL MACHE ICH DAS.
GUT.
HFF...
KATO...?
DU HAST SCHON WIE-DER EINEN STÄNDER.
DRÜCK
DRÜCK
AH!
UWAAH!

ER WIRD SCHNELL HART.
AH!
RE...
REISS DICH BITTE ZUSAMMEN! MEINE FREUNDE SIND...!
KICHER
HA, HA...
UND SO GROSS...
KATO!
FWUPP
SST
HÄ...?!
KALT...
JETZT IST MEINE HOSE KLATSCHNASS.
ICH...
... LEG MICH OBEN IN DEINEM ZIMMER HIN, BIS MEINE HOSE TROCKEN IST.
SST
BDUMM

カチャ
KLACK
...
... HEISST...
DAS...
JUBEL
ワァッ
VICTORY!!
IST KATO SCHON NACH HAUSE GEGANGEN?
DU TROTTEL! WARUM HAST DU IHN NICHT AUFGEHALTEN?
AUSSERDEM BIST DU KLATSCHNASS! KOMM NICHT NÄHER!
SCHNAUZE!
GEHT NACH HAUSE!
ER BLEIBT EIN AUSSENSEITER.

SUTOPPU!

Koko wa kono manga no owari dayo.
Hantaigawa kara yomihajimete ne!
Dewa omatase shimashita!
Tanoshii hitotoki wo dozo!

Egmont Manga Chiimu

STOPP!

Das ist der Schluss des Mangas.
Fangt bitte am anderen Ende an!
Und nun genug der Vorrede,
viel Spaß beim Lesen!

Euer Egmont Manga Team

„Uns trennen Welten" von Miso Umeda
Aus dem Japanischen von Yuko Keller
Originaltitel: „Ushiro no Seki no Kato-kun"

Originalausgabe:

First published in Japan in 2019 by SHINSHOKAN CO., Ltd. Tokyo
German version published by EGMONT Verlagsgesellschaften mbH under license from SHINSHOKAN CO., Ltd.

Deutschsprachige Ausgabe erschienen bei:
Egmont Manga verlegt durch
Egmont Verlagsgesellschaften mbH,
Alte Jakobstr. 83, 10179 Berlin

1. Auflage 2020

Verantwortlicher Redakteur: Marco Walz
Koordination: Manuela Rudolph
ISBN 978-3-7704-2670-6

Gestaltung: Claudia Villhauer
Printed in the EU